NOUVELLES ADO | HUMOUR

Claude Bolduc
Péchés mignons

nts d'Ouest

D0068398

Données de catalogage avant publication (Canada)

Bolduc, Claude, 1960-
  Péchés mignons

(Nouvelles ado ; 32.Humour)

ISBN 2-89537-016-8

I. Titre. II. Collection: Roman ado; 32. III. Collection :
Roman ado. Humour.

PS8553.O474P42 2000   jC843'.54   C00-940941-6
PS9553.O474P42 2000
PZ23.B64Pe 2000

Nous remercions le Conseil des Arts du Canada de l'aide
accordée à notre programme de publication. Nous recon-
naissons l'aide financière du gouvernement du Canada par
l'entremise du Programme d'Aide au Développement de
l'Industrie de l'Édition (PADIÉ) pour nos activités d'édition.
Nous remercions également la Société de développement des
industries culturelles, ainsi que la Ville de Hull.

Dépôt légal — Bibliothèque nationale du Québec, 2000
                Bibliothèque nationale du Canada, 2000

Révision : Raymond Savard
Correction d'épreuves : Jean-Marie Brière
Infographie : Christian Quesnel
© Claude Bolduc & Éditions Vents d'Ouest, 2000

Éditions Vents d'Ouest
185, rue Eddy
Hull (Québec) J8X 2X2
Téléphone :   (819) 770-6377
Télécopieur : (819) 770-0559
Courriel :   ventsoue@magi.com

Diffusion Canada : PROLOGUE INC.
Téléphone :   (450) 434-0306
Télécopieur : (450) 434-2627

Diffusion en France : DEQ
Téléphone :   01 43 54 49 02
Télécopieur : 01 43 54 39 15

Introduction

VOUS SAVEZ CE QUE C'EST : *tout le monde a son petit travers caché, ce défaut dans la cuirasse que l'on voudrait bien cacher aux autres mais qui finit toujours par ressortir — et pas nécessairement au bon moment. Ces petits travers nous collent à la peau jour après jour.*

Souvent, on les appelle péchés mignons : de petits défauts que l'on dit sans gravité et même agréables. On se dit alors : « Bah ! Ce n'est pas bien méchant. » On reste convaincu que ça ne fait de mal à personne, qu'il s'agit de travers somme toute véniels. Ah oui, nos petits défauts sont véniels ? N'est-ce pas là une question de point de vue ? Qu'en pensent les autres, au juste ?

Méfiez-vous de vos petits défauts. Ils peuvent vous retomber sur le nez. Qui sait si, dans le fond, ils ne reviendront pas vous hanter pour le reste de votre vie et même, pourquoi pas, après votre mort ? Évidemment, n'oubliez pas de vous méfier de ceux des autres ! Qui sait s'ils ne s'exerceront pas à vos dépens ?

Voici, vus sous différents angles, toutes sortes de petits travers qui empoisonnent la vie des autres. Car c'est bien de poison qu'il s'agit. Eh oui ! de petits poisons dans le grand bocal de la vie, sinon de l'après-vie !

Mignonnement vôtre,

Claude Bolduc

Succion

Jour après jour, il se passe des choses en apparence absurdes. Or, même parmi les plus grotesques de ces situations, ne pourrait-il se cacher des motivations bien précises, des actes d'une indéniable logique? Une espèce de gros gros péché mignon prêt à se révéler au grand jour? Mais, bon sang de bon sang, que peut bien aller faire un vampire dans le cabinet d'un dentiste?

– J E VOIS, dit le client d'un air pensif.

Pensif. Pensif ? Pensif pourquoi ? À quoi cet être pouvait-il penser en prononçant ces paroles ? À quoi pense un vampire quand il regarde un homme ?

À son cou !

À sa gorge !

Robert porta une main à sa gorge et recula d'un pas, tout en faisant rugir la fraiseuse qu'il tenait à bout de bras.

– Ça ne vous ferait rien de prendre une décision rapide ? dit Robert. Je n'ai pas l'habitude de travailler si tard.

Toujours cet air absorbé. Le vampire le regardait. Il regardait son cou, Robert en était sûr. Cette grosse veine qu'il avait sur le côté gauche, et qui gonflait à chacune de ses paroles. Il essuya son front du revers de la manche.

— Ce n'est pas la fin du monde, vous savez. Tout le monde a des caries.

Mais pourquoi ne disait-il rien ? Une pauvre carie sur une canine, était-ce si épouvantable ? Le vampire semblait complètement anéanti. Les yeux rouge et noir, toutefois, ne quittaient pas Robert qui sentit palpiter la grosse veine sur sa gorge, même s'il ne parlait plus. Son cœur battait plus vite. La sueur brûlait ses yeux. Ses mains tremblaient. Il ne pourrait travailler convenablement dans ces conditions. Pourquoi n'avait-il pas mis un col roulé ?

— La canine n'est pas qu'une dent, reprit l'être à la peau blême, d'une voix émue. Pour nous, j'entends. Depuis des temps immémoriaux, elle est le symbole de notre essence. De sa pureté, de son éclat, de sa perfection dépend le statut du vampire parmi les siens. Elle… elle…

Le vampire porta les deux mains à son visage. De drôles de bruits s'échappèrent de sa bouche. Ses épaules sautillèrent à quelques reprises. Robert crut même l'entendre renifler.

Puis son client abaissa les mains, leva la tête vers le plafond du cabinet, bouche bée, ce qui rendait d'autant plus évident le point noirâtre sur la canine droite.

— Je suis cuit, déshonoré… murmura le vampire de sa voix caverneuse, en regardant de nouveau le dentiste. Et en plus, ça fait mal.

Un spasme fit actionner à Robert la fraiseuse qu'il n'avait pas lâchée. De l'autre main, il remonta le col de sa chemise.

– Mais après, il n'y paraîtra plus, dit Robert en désignant sa panoplie sur le comptoir.

– La souillure est sur moi, et aucun maquillage ne saurait l'effacer. Je devrai peut-être mourir pour sauver le peu d'honneur qu'il me reste.

En prononçant ces mots, il avait encore une fois lorgné la gorge de Robert. Bien calé dans le fauteuil, il fit un autre bruit avec sa bouche, mais différent du premier.

– Laissez-moi vous soulager de toute cette salive, fit Robert, s'emparant du petit aspirateur sur le comptoir. Succion, précisa-t-il en mettant le contact.

Il passa le bout de l'appareil au coin des lèvres du vampire, puis l'enfouit dans sa bouche, donnant naissance à un bruit d'eau qui s'engouffre dans le drain d'une baignoire. Le vampire se cabra sur le fauteuil. D'un geste vif, il retira l'aspirateur de sa bouche, puis se palpa les lèvres.

Robert recula, les yeux arrondis, et passa l'appareil sur son propre front pour aspirer une partie de sa sueur.

L'attention du vampire n'était plus centrée sur la gorge du dentiste. Ses yeux parcouraient plutôt le long tuyau de l'aspirateur avec intérêt. Ils s'attardèrent ensuite sur l'appareil lui-même et, enfin, sur le bout qui sifflait en aspirant l'air.

– Je suppose, fit-il, que vous pouvez fixer toutes sortes d'adaptateurs à cet appareil ?

– Euh… oui, pourquoi pas ? Vous êtes du genre bricoleur ? demanda Robert, partiellement soulagé.

– Pas tout à fait, mais je possède une longue expérience. Et ça sort comment, à l'autre bout ?

– Ça va aux égouts.

– Il est sans doute possible d'installer un réceptacle quelconque…

– Oh ! très certainement !

Le vampire semblait réfléchir. Son air soucieux, peu à peu, avait disparu. Même qu'un sourire révéla de nouveau ses canines, dont l'une requérait d'urgence les soins de Robert.

– Parlez-moi encore de votre panoplie, reprit le vampire. Non seulement suis-je fasciné, mais cela me rassure en outre sur la compétence de votre profession en ce début de millénaire, car voyez-vous, au Moyen Âge…

Robert ne se fit pas prier, lui qui était si fier de ses appareils achetés à prix d'or. Un quart d'heure plus tard, le vampire avait l'air tout à fait ravi. Par contre, le filet de salive au coin de sa bouche ne cessait d'irriter la conscience du dentiste.

– Eh bien monsieur ! faites votre travail ! dit le client, maintenant tout à fait détendu.

– Vous entendez donc la voix de la raison ?

– Mieux vaut le vide que la souillure. Arrachez. Je saurai me contrôler.

Au fil de ses longues années d'expérience, Robert avait maintes fois été confronté à des dents plus difficiles à extraire que d'autres. Ce n'était encore rien comparé à une canine de vampire, dont les racines s'agrippaient depuis, au bas mot, des siècles.

Il dut bander ses muscles, s'arc-bouter, secouer, tirer, grogner. Il eut à reprendre son souffle, agiter puis masser ses doigts endoloris, changer de pinces, et recommencer. Il enroula son bras gauche autour de la tête du vampire, serra, tira, haleta. Il lui fallut encore pousser le cri du bûcheron pour enfin sentir la dent vaciller sur ses bases. Elle céda finalement dans un craquement sinistre qui remua Robert jusqu'aux entrailles. Le vampire était resté de glace, quoiqu'il fût maintenant installé en travers du fauteuil.

Ruisselant de sueur, Robert brandit la canine.

– Je peux la garder ? dit-il, émerveillé, en l'examinant à la lueur de la lampe. Je l'installerais avec mes trophées : ma première molaire, ma première truite et mon panache d'orignal.

Une main s'abattit sur son épaule, coupant court à son extase. Avant d'avoir pu réagir, Robert fut soulevé, puis retourné. Le vampire le poussa vers le fauteuil, pendant qu'il se débattait de toutes ses forces, coincé dans une poigne d'acier.

D'une main, le vampire le plaqua sur le fauteuil tandis que de l'autre, il s'emparait de la fraiseuse sur le comptoir. L'engin rugissant descendit lentement sur Robert, qui serra les lèvres et tenta furieusement de repousser le bras du vampire. Au dernier moment, la fraiseuse bifurqua et s'éloigna de sa bouche. Une douleur aiguë perça sa gorge. La minuscule mèche d'acier fouissait sa chair.

D'un coup de reins, Robert voulut se retourner et tous deux se retrouvèrent face à face, étendus sur le fauteuil incliné. Le vampire extirpa la fraiseuse de la gorge de Robert et la lança au loin. Le sang jaillit du trou minuscule, arrosant son agresseur qui poussa quelques petits cris excités. Du bout du doigt, Robert tenta de colmater la fuite dans l'espoir de le calmer.

Le vampire agrippa son index et le tira hors de la blessure, faisant craquer l'os comme une brindille. Robert cria, et le sang jaillit plus fort de sa veine palpitante. Soudain le bruit de l'aspirateur s'éleva dans le cabinet. Le vampire, riant et salivant, enfouit l'embout de l'appareil dans la gorge de Robert qui, impuissant, sentit sa vie le quitter litre par litre.

Avant que ne se ferment définitivement ses paupières devenues si lourdes, il vit le vampire qui, ayant bondi vers la sortie de l'aspirateur, à l'autre bout, dansait le bec collé au drain.

Hull, le 8 juillet

M. Alain Allaire
Concepteur graphique
5200, boulevard Saint-Joseph
Hull (Québec)

Monsieur Allaire,

Suite à un récent changement d'administration, le cabinet de dentiste sis au 4040, boulevard Saint-Joseph, fait appel à vos services une fois de plus pour créer une nouvelle enseigne ainsi qu'un nouveau logo.

Votre réputation m'autorise à vous donner toute liberté dans la conception. Vous trouverez ci-joint mille dollars en guise de paiement initial. Je serai sans doute absent lorsque vous en ferez l'installation, aussi veuillez déposer votre facture dans ma boîte aux lettres.

Je n'ai pu vous contacter par téléphone, car je crains fort que nos horaires ne soient incompatibles. Voyez-vous, et ceci constitue l'essentiel de ce que j'aimerais voir figurer sur l'enseigne, il s'agira du tout premier cabinet de dentiste en ville ouvert exclusivement la nuit, pour les urgences.

En espérant votre livraison dans des délais raisonnables, je demeure votre tout dévoué,

Vlad Lachance
Clinique dentaire Pokol
4040, boul. Saint-Joseph
Hull

Les grands préparatifs

Quoi qu'on en pense, la façon dont on est élevé a de puissantes répercussions sur la façon dont on vivra plus tard. On n'oublie d'ailleurs jamais les enseignements de maman, même, ou surtout, dans les ultimes situations.

O<small>N VENAIT</small> de lui dire que son enterrement aurait lieu le lendemain.

Encore mal réveillé, Louis ne put réprimer
un frisson. Cette voix dans son sommeil, elle
avait quelque chose. Elle était beaucoup trop
réelle, beaucoup trop tangible pour n'être que
le fruit d'un rêve. D'ailleurs, n'en avait-il pas
perçu un écho au moment où il ouvrait les
yeux ? Ses tympans n'en vibraient-ils pas encore un tout petit peu ? Mais il n'y avait personne, chez lui, pensa-t-il en regardant à la
ronde.

Le voilà tout secoué. À n'en pas douter, il
s'agissait d'une expérience mystique. Sa première, et sans l'ombre d'un doute sa dernière,
s'il en interprétait correctement le sens, car les

êtres de l'au-delà ne font sûrement pas de blagues à ce sujet.

« Votre enterrement aura lieu demain. »

Outre le choc de la révélation, la douleur et la consternation, cette idée ne manqua pas de contrarier Louis, car il avait encore de la nourriture pour plusieurs jours dans son frigo. Or, d'après sa mère, il n'existait pas de plus grand péché en ce monde que le gaspillage de nourriture. « Pense à tous ceux qui meurent de faim », lui avait-elle dit, un jour qu'elle l'avait pris à jeter sa portion de boudin dans la toilette.

Soucieux, Louis se leva et marcha jusqu'au frigo, dont il ouvrit la porte. Il contempla le jambon. Devait-il lui adresser un adieu, lui demander pardon de l'abandonner ainsi aux affres du temps ? Avait-il le devoir de tenter de le consoler ? Sans doute que non ; les jambons savent porter le deuil, et de toute façon celui-ci semblait avoir déjà versé toutes ses larmes dans le fond de son emballage de plastique. Sauf qu'il n'avait pas pleuré pour Louis. Gras ingrat, va ! Il détourna le regard. Mais Louis savait qu'il ne pouvait le laisser là, à moins de vouloir mourir en état de péché. Et s'il l'emportait dans la tombe ? Louis et son jambon, unis pour l'éternité… Qu'en dirait l'embaumeur ? Il tendit une main vers l'emballage luisant, puis soupira. Il devait le manger.

Et le reste, alors ? La carotte, le pain, les langues de porc… Louis poussa un long gémissement. Son avenir se traçait dans sa tête. Il allait mourir en état de péché, c'était certain ! Rôtir en enfer — avec ou sans son jambon.

Louis se couvrit le visage.

Maman, regarde où tes enseignements m'ont mené !

C'est elle qui avait introduit la notion de péché dans sa jeune conscience. Le bien et le mal, et tout et tout, y compris le gaspillage de nourriture.

Ceux qui ne savent pas ne peuvent pécher, car Dieu est bon (bon, bon comme du jambon ?). Ils peuvent mourir en paix, même si leur frigo regorge de victuailles. De là sans doute le proverbe « Aux innocents les mains pleines », mais Louis n'aurait su l'affirmer. Dans son cas, il fallait plutôt parler de « Deux tu l'auras valent mieux qu'un tien ».

Or, Louis, lui, savait. Il connaissait le péché, à cause de sa mère. Ne lui avait-elle pas réservé le même coup que sa mère à elle lui avait un jour fait ? Louis fit un effort pour se rappeler le frigo familial lors du décès de sa mère. Rien à faire ; tout ça était trop loin dans ses souvenirs. Mais en fervente catholique, elle avait sûrement mangé jusqu'à la dernière miette en sentant sa fin approcher.

Louis écarta légèrement les doigts devant ses yeux. Une faible lueur d'espoir, guère plus étincelante que l'ampoule du frigo, lui apparut. Son jambon ne lui vaudrait peut-être que le purgatoire, après tout. Ce qui était infiniment préférable à l'enfer ou au néant. Avec de la chance, il deviendrait un ange condamné à errer sur terre jusqu'à ce que sa souillure soit lavée. Il visualisa une page couverture de *La Revue des anges* : « L'Ange au jambon apparaît à un client de la soupe populaire ». Gloire posthume.

Un mécanisme indépendant de sa volonté lui fit ouvrir la revue virtuelle à la page de l'article en question. Son œil intérieur lut un passage. « L'Ange au jambon s'approcha d'un miséreux au visage émacié et se pencha sur lui. Le miséreux écarquilla les yeux, puis se coucha aussitôt sur son bol pour protéger sa soupe. L'Ange lui sourit, et commença à découper une tranche de son saint jambon, qu'il tendit à l'homme. Des larmes de joie scintillèrent sur les joues crasseuses du clochard, qui lança sa soupe au loin. L'Ange déposa la tranche sur la table devant le pauvre bougre qui, pendant de nombreuses minutes, tenta de ramasser l'immatérielle offrande. Il releva la tête vers l'Ange souriant et se mit à l'invectiver, avant de le maudire du plus profond de son cœur. L'Ange disparut aussitôt, probablement rétrogradé à un plan inférieur de l'existence. »

Louis claqua la porte du frigo. Une incoercible angoisse comprimait sa poitrine. Il tourna sur lui-même en roulant des yeux fous, et se mit à arpenter la cuisine.

Seigneur, aie pitié de la misérable créature que je suis !

Non, bien sûr, Dieu n'allait pas s'en mêler. S'Il devait s'occuper du salut de tout le monde, il y aurait un embouteillage monstre aux portes du Paradis, puisqu'Il est infaillible. Louis devait sauver son âme lui-même. Comment, comment ? Il continuait de tourner en rond dans la cuisine en se frappant la poitrine et en s'arrachant des poignées de cheveux. Ayant agrippé le sac d'arachides sur le comptoir, il le déchira d'un coup de dents et le vida au complet dans sa bouche. Louis entreprit de mastiquer, opération laborieuse au cours de laquelle, plus d'une fois, il s'étouffa, prenant bien soin de mettre sa main devant sa bouche pour éviter tout péché de gaspillage. Il lança au sol le sac vide, s'arrêta devant le garde-manger et y prit une boîte de sardines, dont il tira le couvercle. D'une main fébrile, il porta les petits poissons à sa bouche, puis recommença à marcher en rond.

De l'aide ! Il lui fallait trouver de l'aide ! Il courut jusqu'à son balcon, scruta les alentours, reconnut une jeune fille vêtue de haillons qui traînait souvent dans le coin.

— Hé ! cria-t-il en agitant les bras, cependant qu'une queue de sardine s'échappait d'entre ses lèvres.

La petite regarda dans sa direction.

— Viens vite ! C'est important, reprit-il après avoir ramassé l'odoriférant petit bout de poisson — heureusement, la queue n'était pas tombée en bas du balcon —, qu'il remit dans sa bouche.

Elle lui fit signe de la main, puis courut dans sa direction.

– Je peux vous aider ? fit-elle en arrivant devant le balcon.

– Ce n'est pas ce que tu penses, répondit Louis, soufflant involontairement quelques miettes. Vite, entre !

Louis l'aida à franchir la rampe du balcon, puis l'entraîna à l'intérieur, dans la cuisine. La petite fronça les sourcils.

– Vous allez m'offrir des bonbons, peut-être ? s'enquit-elle.

– Pas de bonbons. Il y a autre chose. Plein de bonnes choses. Les bonbons, c'est mauvais pour la santé.

Louis marcha jusqu'au frigo et en sortit une pleine brassée de victuailles, qu'il déposa sur la table, devant la fillette.

– Allez, mange. C'est très important.

– Vous êtes malade, monsieur, fit-elle en écarquillant les yeux. Je veux rien savoir de manger ça. Je veux des bonbons.

– J'ai pas de bonbons. Et c'est ça que tu vas manger.

– Non. Des bonbons !

– Il faut que tu manges. Sinon c'est péché, tu comprends pas ça ?

– Péché ? Et inviter des jeunes filles chez soi, c'est pas péché ? J'ai déjà lu *Holà Police*, vous savez.

– Mais non, ce n'est pas péché, puisque tu es d'accord. Ce n'est pas mal. Allez, goûte-moi ce gouda.

– Alors donnez-moi de l'argent, si vous n'avez pas de bonbons.

– J'ai pas d'argent sur moi. Tu veux un chèque ?

– Ma maman dit qu'il ne faut pas toucher aux chèques.

– Alors je vais te payer demain. Une petite langue de porc ?

– Non ! Et puis je m'en vais ! explosa la petite en projetant le pot de langues par terre, où il éclata.

Et elle s'enfuit par le balcon, tandis que Louis s'agenouillait devant le dégât.

– Petite salope ! hurla-t-il, avant de porter une langue à sa bouche.

Pendant qu'il mâchait, une ombre descendit sur sa conscience. Jamais il n'aurait le temps d'aller recruter du monde pour l'aider, puisqu'on l'enterrerait demain. Louis regarda les victuailles sur la table, celles dans le garde-manger, sur le comptoir, dans le frigo dont la porte était restée ouverte. Ensuite son regard se posa sur l'évier de la cuisine. Il ne lui restait plus qu'une chose à faire.

❧

L'odeur était abominable. La couleur aussi. Jamais Louis ne s'était senti aussi mal. Une sueur malsaine enveloppait tout son corps, le rendant aussi luisant que les sardines qu'il avait engouffrées tout à l'heure. Il contempla son ventre tendu comme une peau de tambour, puis le fond de l'évier, où subsistait toujours une bonne dizaine de centimètres de nourriture mélangée. Un hoquet le secoua, douloureux, après quoi il poussa une autre poignée d'aliments dans sa bouche. En brassant l'amalgame avec une longue cuiller, il reconnut la dernière pointe de la pizza de la veille, la « Terreur verte », double portion d'anchois, olives, kiwi.

Un gémissement franchit ses lèvres.

Péniblement, il se hissa jusqu'au comptoir. La vue des quelques miettes au fond de l'évier tordit son estomac, mais il parvint à éviter la catastrophe. La manœuvre avait toutefois eu raison de ses forces, et Louis retomba lourdement sur le plancher, sa panse distendue rebondissant avec un bruit flasque. Sa vue était embrouillée, tout tournait autour de lui. Son ventre allait éclater. La douleur était intenable.

Il aperçut, comme à travers un voile, un cafard immobile le long du mur.

Devait-il le considérer comme de la nourriture ? À première vue, non. Du moins, pas au Québec. Mais dans certains pays, on s'en délectait. Or, Louis le savait : laisser un insecte derrière lui serait péché ! Encore le savoir ! Le savoir ruine l'existence de l'être !

Louis voulut se traîner vers le cafard.

Une douleur abominable le scia en deux, lui arrachant un hurlement. Des points lumineux dansèrent devant ses yeux, puis disparurent. Tout devint noir. Rien n'existait plus.

Pendant une éternité, Louis ne fut que souffrance pure. Puis la notion de douleur s'effilocha. Celle de corps aussi. Et celle de la vie.

À l'ultime seconde de son existence, une voix roula dans sa tête.

« Désolé, mon vieux, il y a eu erreur sur la personne. Votre enterrement n'aura pas lieu demain. »

Privilèges

Les gens ont tendance à penser d'abord à leur petit bonheur personnel. Assez normal, comme comportement, direz-vous, ce à quoi j'acquiesce volontiers. Une chose m'intrigue toutefois : à partir de quel moment ce péché mignon devient-il brusquement de l'égoïsme franc et cru ?

MAIS ça va me coûter les yeux de la tête, voyons !

Sam se raidit sur son monoglisseur en agitant les moignons qui prolongent ses genoux. Un léger bruissement d'air s'élève dans la pièce, et Sam se retrouve face à la fenêtre, tournant le dos à son épouse.

– Oh non ! pas tant que ça ! dit la voix derrière lui. Je dirais un bras.

Le ton est-il moqueur ?

– Non ! crie Sam, le regard toujours rivé à la fenêtre.

Dehors, une petite famille approche sur le trottoir qui roule en direction est. Soudain, l'homme et la femme s'agenouillent dans une attitude de respect le plus profond. L'homme relève la tête, flanque un soufflet au visage de son fils, qui s'agenouille à son tour. La femme se tourne et gifle son mari, qui baisse la tête.

Tous trois ont le visage tourné vers le bas et se gardent bien de porter leur regard sur le cul-de-jatte qui vient à leur rencontre, l'air hautain, sur le trottoir qui glisse dans l'autre direction. Une fois qu'ils se sont croisés, la famille reprend une attitude normale.

– Un bras, hein ? grince Sam. Excuse-moi, mais ça ne me tente pas.

– Mais Julie meurt d'envie de se faire induire ces connaissances en histoire. Elle est assez vieille, maintenant.

– Pfff… en histoire. Et moi, je devrais me fendre en quatre pour que ma fille devienne historienne !

– Mais pense à tout le prestige qui accompagne cet acte et à ce qui en découle !

– Ouais, ouais, prestige égale privilèges. Je connais le refrain.

Alice ne répond pas. Sam a soudain l'impression qu'elle le fixe, qu'elle vrille sa nuque, qu'elle le considère comme un être absolument abject et immoral. Le regard de sa femme pèse sur lui, mais il ne se détourne pas de la fenêtre.

Un homme complet vient de monter dans un aérotaxi. Juste avant le départ, un manchot arrive et frappe du pied la portière. L'homme descend du véhicule et baisse la tête. Il va se contenter du trottoir mobile, pendant que le manchot grimpe dans le taxi, qui s'envole.

Derrière Sam, Alice extrapole.

– Pourquoi n'es-tu pas plus ambitieux ? Il te manque cet orgueil qui…

– Ah non ! hurle-t-il en pivotant si vite qu'il manque tomber de son monoglisseur. J'en suis rendu à vendre mon corps pour le bien de ma famille et tu me parles d'orgueil ? Et si je veux être égoïste, juste un peu ?

Alice soupire, puis durcit ses traits.

– Tu me décourages, reprend-elle. D'abord monsieur décide qu'il devient irritable « parce que cacher ses émotions est mauvais pour la santé ». Et voilà que tu refuses de t'attirer l'admiration collective en donnant quelques bouts pour les tiens. Je ne te reconnais plus.

– Tu ne me reconnais plus ? Tant mieux ; je ne pouvais plus me souffrir ! Je change, je me défais, alors j'essaie de refaire ce qui reste de moi à mon goût. Et si je veux être irritable, ça me regarde. Il faut être irritable pour découvrir dans quel monde de fous on vit ! Tu devrais aller te faire induire un peu de jugeote, si ça se fait. Et avec tes moyens, pas les miens !

– Tu étais si bien…

– Et regarde où ça m'a mené ! grogne Sam en se palpant les moignons.

– Ça t'a ennobli aux yeux de tous, mon chéri. Tu es maintenant un grand homme, qu'on respecte et qui a droit à certaines faveurs.

– Ennobli, ennobli ! Tu parles ! Un pied pour la cuisine verbale. Un rein pour le gobetout grand format. Un poumon pour l'holo-tendo des enfants. Deux jambes moins un pied pour que le plus vieux devienne un de ces pauvres généticiens qui tentent de restaurer la race humaine. Et j'en passe !

— Mais grâce à toi, nous vivons dans un quartier ultra-chic, nous sommes des gens respectés, nous...

— Et voilà que mademoiselle Julie devrait devenir sociologue...

— Historienne.

— Historienne, alors ! Et qu'est-ce que je devrais vendre, cette fois ? Ma bite, peut-être ? Ne pourrais-je me garder un petit bout de moi pour moi tout seul ?

— Tu ne sembles pas éprouver la fierté de contribuer au bien d'autrui — et je ne te parle pas uniquement de ta famille mais aussi de tous les miséreux que la mutation a rendus infirmes. Ça ne te valorise pas à tes propres yeux ? Es-tu bien une personne normale ? Es-tu sûr que ça tourne rond dans ta tête ?

— Mais j'en suis devenu un, infirme, moi ! Ça ne t'a pas frappée ?

— Oui mais toi, c'est volontaire. C'est par grandeur d'âme que...

— Ça suffit ! C'est non !

Alice a subitement redressé son corps. Elle pose les mains sur les hanches, puis toise son mari.

— Puisque c'est comme ça, dit-elle, je ne te parle plus ! Et je reprogramme la cuisinière avant de partir : pas de dessert ce soir !

L'obscurité arrive, et avec elle l'orgie de spots publicitaires qui illuminent le ciel nocturne. Sam quitte la fenêtre avant que l'amalgame de couleurs et de slogans ne vienne remplacer les étoiles et lui donner la nausée. Mais il s'est décidé juste un peu trop tard, et ne peut éviter la désolante et gigantesque projection de l'homme au sourire idiot qui tend un rein dégoulinant à un autre, malade, dont le visage blafard va bientôt se superposer à la lune.

Les hologrammes de quartier sont la pire invention de l'homme depuis la pollution. Celuilà est le pire de tous. « Pour toi mon frère. »

— Pfff… Pour toi mon frère. Monde de fous, pas vrai, mon frère ? On vend sa viande, on fait de l'argent, on est du monde bien. Bien dans sa tête ?

Maintenant, il existe quantité de petites expressions du quotidien qu'il ne peut plus utiliser sans grimacer… Donner des coups de pied au cul, avoir le pied marin, prendre ses jambes à son cou, trouver chaussure à son pied… tout ça le rend malade.

Et voilà qu'Alice le considère comme un monstre parce qu'il refuse de se faire charcuter davantage. Bientôt, les enfants auront honte de leur père. Ah ! vous en voulez, des morceaux de Sam ?

Abandonnant ses réflexions, Sam se propulse vers le clavier le plus proche, puis tape un message à l'intention d'Alice.

Ensuite, il sort.

～

Quand Alice pénètre dans le hall titanesque du Centre de prélèvements, une excitation frôlant l'allégresse la possède tout entière. Dans le couloir long et immaculé qu'elle emprunte, elle a peine à contenir son émotion. Sam est venu se faire prélever quelque chose !

Au bout du couloir, le bureau des renseignements. Alice entre en coup de vent et marche vers l'infirmière au comptoir, qui parle avec un préleveur.

— À qui dois-je m'adresser ? demanda Alice. Je viens chercher Sam Saint-Laurent. S'il est prêt à sortir, bien sûr.

Les deux employés du Centre se redressent et écarquillent les yeux.

— *Monsieur* Sam Saint-Laurent ? dit l'infirmière avec un trémolo dans la voix.

Le préleveur fait quelques pas vers Alice.

— Oui, *Monsieur* est prêt à partir ; c'est moi qui m'en occupe. Madame Saint-Laurent, je présume ? ajoute le préleveur en lui baisant la main.

Tant d'égards ! Tant de respect ! Alice frétille de fierté, mais tâche de se montrer digne. Sam leur a sûrement refilé un bon morceau !

— Sam… murmure-t-elle.

— Ah ! madame Saint-Laurent ! reprend le préleveur en entraînant Alice à sa suite. Vous pouvez être fière de lui. Si Dieu existe, nul doute que votre mari sera un saint !

Oh la la ! pense-t-elle, j'ai vraiment l'impression d'être quelqu'un !

— C'est grâce à des hommes comme votre mari qu'un jour cessera la souffrance dans notre belle société. Il nous manquera beaucoup ici, au Centre.

Alice craint pendant un moment que le préleveur manque d'air à force d'encenser son mari. Qu'a-t-il bien pu leur donner pour obtenir un tel statut ? Un bras ? Non. Un poumon ? Mais non, il n'en a plus qu'un. Ses cornées ?... Sa bite ?

— ... et nous avons décidé de vous offrir sans frais le panier de plexiglas, sans oublier...

Panier ?

Après un dernier virage, ils se retrouvent devant une immense paroi transparente, dont une partie coulisse à leur approche, et donne sur une espèce de vestibule. La paroi se referme derrière eux.

Le préleveur sort d'une armoire deux combinaisons enveloppées sous vide. Il défait les emballages, puis tend une combinaison à Alice.

— Stérilisation oblige, dit-il simplement. Les virus n'ont pas accès ici. Il faut bien protéger nos illustres clients pendant qu'ils sont encore faibles.

Une autre porte coulisse sur le mur opposé et livre accès à une vaste salle truffée de chambres. Le préleveur se dirige vers la troisième à droite. Sans l'ombre d'un doute, la chambre de Sam.

Alice sent son cœur bondir dans sa poitrine. Que dire ? Comment exprimer toute sa fierté ?

Le préleveur est déjà entré. Alice le suit après une brève hésitation, mais soudain s'immobilise. Il n'y a personne dans le lit.

Du regard, elle parcourt rapidement la chambre. Sur la table de nuit, trône un petit panier transparent avec une forme sombre à l'intérieur.

Alice fronce les sourcils, puis déglutit.

– Évidemment, fait le préleveur en tapotant le panier, nous lui avons installé gratuitement un petit ensemble pompe-filtre à énergie solaire pour assurer les fonctions de base. Et nous avons prévu suffisamment de tuyauterie pour que vous puissiez le sortir du panier de temps en temps.

Fierté et abasourdissement se disputent les pensées d'Alice et, pendant de longues secondes, elle reste totalement confuse. Puis, elle avance jusqu'à la table de nuit, se penche au-dessus du panier. Ce qui reste de Sam, sa tête confortablement installée sur un coussin, lui adresse un clin d'œil où elle croit déceler une nuance d'ironie.

– Surtout, n'oubliez jamais, la nuit, de lui accrocher une veilleuse à l'oreille. Pour alimenter sa pile…

À tout péché...

S'il vous est déjà arrivé de vous faire déranger dans les moments où vous aviez le plus grand besoin de toute votre concentration, vous savez ce que c'est : rien ne saurait être plus désagréable. C'est bien simple, on ne se possède plus. Or, il est dit que la meilleure chose à faire, dans ces cas, est de ne pas s'énerver indûment. C'est bien cela ?

QUOI QU'IL FASSE, quoi qu'il dise, quoi qu'il pense, Jean savait que, toujours, il reviendrait au même point. Pourquoi en aurait-il été autrement ? Comment aurait-il seulement pu espérer en finir ?

Car, en fait, cela ne *finirait* jamais.

Mais il lui fallait continuer. Cette histoire, il l'écrirait, bon sang de bon sang !

Bon, récapitulons. Alors oui, Stan, son personnage, allait se glisser dans l'ouverture du souterrain et…

On sonna à la porte. Jean releva la tête. Ses mains tremblèrent une petite seconde, le temps qu'il se décide à quitter sa chaise pour aller ouvrir. Aussitôt, une voix lui explosa au visage.

– Bonjour monsieur ! Mon nom est Guy Guay, de l'Éternelle, compagnie d'assurances. Laissez-moi vous présenter…

Jean leva les yeux vers le ciel trop bleu et grimaça, pendant que l'autre gesticulait devant lui en brandissant un formulaire.

– … et sans versements ni intérêts avant le…

– Non !

Ayant claqué la porte au nez du vendeur, Jean retourna à son bureau, à son manuscrit, à son problème.

❧

Fichue histoire ! Qu'arrivait-il une fois que son personnage avait pénétré dans le souterrain ? Comment savoir ? Peut-être que…

On sonna à la porte. Jean sursauta, faisant craquer son stylo entre ses doigts. Avant d'aller répondre, il se rendit fouiller dans le placard, d'où il sortit une pelle à neige. Puis, il ouvrit.

– Bonjour monsieur ! Guy Guay, de l'Éternelle, compagnie d'assurances…

Ce vilain bleu était partout. Il n'y avait que ça à l'extérieur. Trop bleu pour être vrai, bleu comme un décor grossièrement tracé à la main.

– … C'est une toute nouvelle protection qui, j'en suis sûr…

Du bout de la pelle, Jean repoussa le vendeur jusqu'à se trouver lui-même à l'extérieur. Ses mains crispées sur le manche, il imita Vladimir Guerrero, son joueur de base-ball préféré. L'autre jeta un bref regard vers la pelle, puis revint à ses yeux.

– … et tout ça sans le moindre versement avant…

La pelle siffla dans l'air et s'écrasa sur le visage du vendeur. L'arme résonna comme un gong entre les mains de Jean, pendant que l'autre s'écroulait deux mètres plus loin. Une pluie de papiers s'abattit autour de lui.

Jean contempla la joue enfoncée, la peau fendue et déjà boursouflée, la mâchoire in-férieure qui pendait au bout de son articula-tion. Malgré tout, le vendeur persévérait :

– … et à schwachante-schinq ans, vous jjjêtes rishshsh et…

Un geyser cramoisi accompagnait chacune de ses paroles, forçant Jean à reculer. Décou-ragé, traînant péniblement sa pelle derrière lui, il rentra.

◦~◦

À peine Stan a-t-il fait quelques pas dans le souterrain qu'une envie irrésistible de sortir s'empare de lui. Mais faire demi-tour, c'est aussi affronter les conséquences de son crime, lui l'écrivain, lui l'assassin, celui qui…

La sonnette. Jean laissa tomber son bout de crayon puis regarda, vidé de toute colère, le bleu surréel de l'autre côté de la fenêtre.

Seule subsistait en lui une infinie lassitude qui le laissait écrasé sur sa chaise. Un long moment s'écoula avant qu'il trouve le courage d'aller ouvrir.

Sur le seuil, une plaie vive se mit à parler, projetant à tout vent une bruine rougeâtre.

— Fonchchour monchchieu!!! Guy G…

— Vous êtes persévérant, vous. Votre moral est solide, comme on dit.

— À l'Éternelle, on est pershshshéwérant. Et wous, monshshshieu, comment wa wotre moral?

— Écoutez, vous n'avez vraiment personne d'autre à martyriser? Il y a sûrement beaucoup de monde dans le coin.

— Mais shsh'est wou, mon client, monshshieur. Pour touchchours.

D'une brusque détente du bras, Jean planta son crayon dans le ventre du vendeur, puis referma la porte.

❧

La situation est simple; ou bien il s'enfonce dans la caverne, ou bien il affronte les conséquences de son crime, lui l'écrivain, lui l'assassin, celui qui…

Drring!

Non. Il n'irait pas répondre. Pas avant d'avoir trouvé l'arme qui le débarrasserait pour de bon du vendeur. Il fallait le broyer. Le découper en rondelles. Le brûler. L'annihiler…

N'avait-il pas déjà fait tout ça ? Le vendeur revenait toujours, de plus en plus souvent, pétant de santé, comme neuf. Tout ça le rendait malade. Partir d'ici. Quitter cet endroit.

Comment ?

Mais d'abord, son histoire. Où en était-il ?

Au même point, bien sûr.

Et s'il la modifiait, cela changerait-il le cours des choses ? Vite, le crayon !

Jean revient sur ses pas, déterminé à sortir du souterrain, mais aucune sortie ne s'offre à sa vue. N'est-il pas impossible qu'il n'y ait pas de sortie ? Il y a une entrée. C'est aussi une sortie, non ? Si cela se fait, cela se refait. Ce qui se fait se défait. Sortir, c'est le contraire d'entrer.

Drrring !

Lui arracher la tête. Le mettre petit bout par petit bout dans le micro-ondes…

Mais à quoi bon ? Puisqu'il reviendrait.

Sortir, c'est le contraire d'entrer.

Jean faillit sourire. Voilà qu'une de ses histoires contenait une vérité irréfutable qui…

Le contraire, écrivait-il ?

Et si, au lieu de démolir le vendeur, il le traitait aux petits oignons ? Mais oui, bien sûr ! Pourquoi n'y avait-il pas pensé avant, au lieu de se laisser emporter par la colère ? S'il faisait quelque chose de bien, il finirait forcément par accéder à un endroit meilleur, le purgatoire, par exemple. Toute promotion ne peut qu'être bonne, surtout dans son cas.

Drrring !

Il courut jusqu'à la porte.

– Bonchchchour mm…

– Entrez, mon brave, entrez, fit Jean, tapotant — délicatement — l'épaule du vendeur, qui semblait déjà se porter mieux.

Sa mâchoire avait repris sa place, et les os enfoncés recouvraient peu à peu leur forme originelle. Il n'y avait plus de plaie sur son visage, à peine quelques enflures violettes, jaunes ou vertes.

Le vendeur sembla surpris par l'accueil.

– Vous vous installez là, dit encore Jean en le poussant dans le placard. Et faites comme chez vous.

– Mais…

Il referma la porte sur les protestations du vendeur et retourna s'installer à son bureau. Il attendit, mais rien ne se passa. Étendant le bras, Jean souleva le rideau. Le ciel, le sol, l'air, tout le décor était désespérément bleu, de cette dégoûtante nuance de gouache qui le plongeait dans la déprime. Le plus horrible, c'était l'impression de fausseté du paysage. Jean laissa retomber le rideau.

Pourquoi cela n'avait-il pas marché ? Son raisonnement n'était pas bon ?

Rien à faire ?

Oui bon, l'histoire.

Le vendeur s'agitait dans le placard, l'empêchant de se concentrer. Mais Jean tenait bon : Stan, son personnage, voulait sortir du souterrain mais ne savait plus comment. Jean avait intérêt à trouver une bonne solution s'il voulait impressionner son lecteur. Son unique lecteur, le plus intransigeant de tous.

Perdu, sans crayon ni papier, Stan décide de tracer à même le sol sablonneux les détails du trajet dont il se souvient. Fermant le poing, il pointe son index vers le sable.

Le vacarme dans le placard était vraiment insupportable. Jean mordit son crayon pendant de longues secondes, le temps de se calmer. Puis, il se rendit ouvrir le placard.

Le vendeur s'écroula à ses pieds, emporté par son élan.

— Vous vous êtes fait mal ? dit Jean avec douceur en se penchant sur lui.

Le vendeur haussa les sourcils, hébété. Une vive contrariété se peignit tout à coup sur son visage où ne subsistait plus qu'une petite bosse violette.

— Hé ! je vous vois venir, vous ! Pas de ça avec moi ! fit-il, repoussant vivement le bras secourable tendu vers lui.

— Que diriez-vous d'un peu de glace sur cette enflure ? Ça doit faire mal.

— Bien sûr, que ça fait mal ! Il *faut* que ce soit douloureux !

D'abord renfrogné, le visage du vendeur s'éclaira tout à coup, et il fouilla dans sa valise pour en sortir ses documents.

— Cette protection-ci ne vous coûtera qu'une fraction de…

– Désolé, je n'ai pas le temps. Vous voulez du café ? Non, évidemment, il n'y a pas de café ici. Désolé.

– … notre plan de versements égaux… je vous défends d'être désolé pour moi !… comporte des clauses…

Avec une grande délicatesse, Jean repoussa le vendeur au fond du placard et referma la porte. Plus de temps à perdre, car soudain, il avait l'impression que la solution à son problème résidait dans sa propre histoire. Une telle idée ne contenait pas la moindre trace de logique, mais un instinct affirmait à Jean qu'il devait mener son histoire au bout, et qu'après seulement, il saurait comment quitter cet endroit. Comme son personnage.

Le doigt de Stan court sur le sable. Déjà, son écriture fébrile couvre plusieurs mètres carrés. Il doit faire attention de ne pas marcher sur les friables caractères. Le moindre passage effacé pourrait s'avérer crucial.

Un craquement de bois fit sursauter Jean. Deux secondes plus tard, le vendeur fit irruption devant lui, formulaires en main.

– … à soixante-cinq ans, il n'y a plus de problèmes…

– Comment ? Vous voulez dire qu'on vieillit, ici ? En bon vendeur, vous vous payez ma tête.

– Avec le temps, on change, ici. C'est pourquoi cette police-ci comporte exac…

– Vous n'êtes pas là. Je ne vous entends pas. Je ne vous vois même pas. En fait, je parle tout seul en ce moment. Hop ! au travail.

Le moindre passage effacé pourrait s'avérer crucial.

Une nuance d'inquiétude passa sur le visage du vendeur. Il se mit à courir autour du bureau en agitant les bras et en criant à tue-tête. Il planta même son visage à quelques centimètres de celui de Jean pour lui hurler des slogans publicitaires.

Le moindre passage effacé pourrait s'avérer crucial.

Le vendeur se coucha finalement sur le bureau et roula parmi les feuilles, avant de s'emparer de celle où en était l'histoire.

Il l'enfouit dans sa bouche.

Mû comme par un ressort, Jean lui sauta à la gorge, qu'il serra juste assez pour l'empêcher d'avaler et le contraindre à ouvrir la bouche. Il en retira la feuille, après quoi il s'enfuit vers la salle de bain où il s'enferma. Assis à l'envers sur la cuvette, il posa sa feuille sur le couvercle du réservoir. La page était presque pleine, mais…

Le moindre passage effacé pourrait s'avérer crucial.

Le vendeur tambourina sur la porte. L'exiguïté de la pièce décuplait les échos, ruinant toute tentative de concentration.

– Vous n'avez qu'à signer en deux endroits, fit la voix.

Stan n'arrive plus qu'à écrire la même phrase, qui se répète à l'infini sur le sol du souterrain. Tout ce que son regard fiévreux arrive à voir, c'est son doigt engourdi et écorché qui remue sans cesse le sable.

Bientôt, la phrase recouvre le souterrain au complet.

– Ouvrez cette porte ! Je dois vous harceler ! Il faut que vous me frappiez ! Mais qu'est-ce qui vous arrive ? Vous m'empêchez d'expier !

Jean sourcilla, puis se tourna vers la porte qui vibrait sous les coups du vendeur. « Vous m'empêchez d'expier. » Voilà qui était intéressant. Cet homme se trouvait-il ici pour les mêmes raisons que lui ? Cela lui apparut soudain évident.

Quittant le siège de la cuvette, il s'approcha de la porte.

– Dites, parlez-moi donc un peu de cette fameuse notion d'expiation, lança-t-il à travers le battant.

Le tambourinement cessa.

– Expi... quoi ? Vous m'avez mal compris. Je parlais d'expiration, bien sûr, car cette remarquable police d'ass...

– Ta gueule ! Tu crois que je n'ai pas vu ton petit jeu ? Tu veux obtenir ton salut à mes dépens, c'est ça ?

– Je ne veux que vous vendre une police qui comporte d'énormes avantages par rapport à...

– Tu veux me harceler sans cesse jusqu'à ce que je te découpe en rondelles, hein ? Tu veux souffrir, non ? C'est par la souffrance que tu vas expier, hein ? T'as trouvé le moyen de partir d'ici. Et ça ne te fiche rien que, pour ça, je doive m'enliser davantage ? Misérable vautour ! Eh bien ! écoute ça, sale profiteur : je t'aime ! Tu m'entends ? Je t'aime ! Et loin de moi l'idée de te faire du mal ! Je te chérirai ! Et quand je me déciderai à ouvrir cette porte, ce sera pour te couvrir de baisers ! Expiera bien qui expiera le dernier !

– Vous êtes fou, monsieur, fit la voix de l'autre côté de la porte.

– À bientôt, conclut Jean, retournant sur la cuvette.

Comme prévu, son discours avait calmé les ardeurs du vendeur. L'occasion rêvée pour pousser un peu son histoire, se dit Jean, reprenant la page de précieux texte. Alors bon. Il scruta sa feuille. Bla bla bla, oui... le doigt qui remue le sable...

Bientôt, la phrase recouvre tout le souterrain. Stan n'a plus de place...

On frappa doucement à la porte.

– Monsieur, vous avais-je glissé un mot sur notre plan de versements différés en cas de...

– Donne-moi encore un peu de temps, mon chéri.

Silence total de l'autre côté. Hop !... bla bla bla...

... tout le souterrain. Stan n'a plus de place pour écrire, juste comme il se sentait plus que jamais près du but...

Toc toc toc !

– Je dois vous dire que nous égalons toute offre de la concurrence, et l'améliorons de dix pour cent.

– J'arrive, mon pitou.

... juste comme il se sentait plus que jamais près du but...

Oui, c'était cela. Il touchait presque au but, Au moment où le personnage de son histoire trouverait la solution, il en irait de même pour... Oui ! c'était...

Toc toc toc !

Jean lança son crayon contre le mur, bondit de la cuvette, ouvrit la porte. Il se jeta sur le vendeur et l'embrassa. Un moment surpris, celui-ci protesta, se débattit, roula sous les baisers. Jean, qui le maintenait solidement au sol, multiplia ses preuves d'affection. Faire le bien. Faire le bien.

Le vendeur gémissait et tournait sa tête en tous sens, apparemment humilié. Il cessa tout à coup de bouger, et ses yeux révulsés changèrent d'expression. Le pli qui déformait sa bouche se mua en rictus.

Il souffrait.

Il expiait.

Jean relâcha son étreinte. Une tonne de plomb s'abattit sur ses épaules. Sa méthode n'était pas efficace. Même qu'elle ne valait rien. Le vendeur souffrait, Jean avait donc fait le mal.

Tout ça pour rien.

Ainsi, pensa-t-il, toujours perché au-dessus de sa victime, une démonstration d'affection n'était pas forcément le contraire d'une explosion de haine, puisque les effets obtenus étaient les mêmes.

Ici, sortir n'était pas le contraire d'entrer.

Abandonnant le vendeur et son air béat, Jean retourna s'asseoir sur la cuvette, où il écrivit :

Quelque part au fond de lui, Stan sait qu'il repart à zéro.

Une idée ! Il revint vers le vendeur et se pencha sur lui, mains sur les genoux.

— C'est quoi au juste, mon cher, votre fameuse police ?

Le rictus fondit aussitôt, ne laissant que stupeur sur le visage du vendeur. Mais avant que Jean puisse ajouter un mot, quelque chose changea autour de lui. Les murs qui l'entouraient devinrent flous, puis transparents. Le décor au complet s'atténuait et, bientôt, il n'y eut plus de murs. Ni de maison, de vendeur ou de cuvette.

Tout avait fondu en une immense flaque, avant de disparaître dans les fissures du sol. Un vent brûlant força Jean à protéger son visage de ses mains, à ne regarder qu'à travers les interstices entre ses doigts.

Des montagnes de roc fumant se dressaient de loin en loin, séparées par des rideaux de flammes rouges et orange dont les crépitements étaient assourdissants. Découpant l'ensemble du terrain en un titanesque puzzle, des torrents de lave bouillonnante crachaient des bulles. Des nuages de fumée dansaient partout, répandant une odeur âcre. Jean toussa.

Un éclair jaillit du sol tout juste devant lui. Jean cligna des yeux à quelques reprises, puis vit un petit homme tout plissé en train d'épousseter sa cape, l'air soucieux.

L'homme sembla prendre conscience de la présence de Jean. Il laissa retomber le pan de sa cape et se tourna vers lui en fronçant les sourcils. Ses yeux noirs et luisants ne révélaient rien de ses intentions ; à cet égard, les deux petites cornes sur sa tête étaient beaucoup plus significatives.

– Alors, mon petit Jean, on veut faire le malin ?

– Pas du tout. J'ai seulement découvert le moyen de quitter cet endroit et j'essaie de le mettre en application. C'est tout.

– C'est moi, le Malin, ici ! Je décide de ton emploi du temps — et trouve cela bien amusant. Ne me trouves-tu pas brillant ?

– Sans doute, sans doute. Mais il reste que je sais comment quitter ton enfer, et que tu ne peux rien y faire.

– Petit prétentieux ! C'est moi, le plus prétentieux, ici ! Je décide quand il faut empoisonner ton existence, et aussi quand il faut cesser de le faire pour te laisser un peu d'espoir. C'est bien plus douloureux comme ça, non ?

– Et pourtant je partirai.

– Petit baveux ! C'est moi, le plus baveux, ici ! Tu penses vraiment m'échapper ? Tu es à moi, mon vieux. Tu es en enfer, c'est donc que tu l'as mérité.

– Je n'en crois rien, car c'est toi le plus bluffeur, ici. La solution, elle se trouve dans mon subconscient, dans l'histoire que je suis en train d'écrire. Quand je l'aurai terminée, je saurai comment partir. Tu ne pourras pas t'y opposer, car j'aurai tenu compte de ce problème.

– Tu serais prêt à gager là-dessus ?

– Absolument.

L'homme fit claquer sa cape en tournant sur lui-même, puis disparut.

Au même moment, le sol glissa sous les pieds de Jean qui tomba à la renverse…

… au milieu d'une île minuscule et circulaire entourée d'un océan bleu qui, comme un immense dessin d'enfant, s'étendait à l'infini.

Sur l'île : un arbre, une chaise, une table, un téléphone, un ordinateur. Allumé.

Un singe descendit de l'arbre et claudiqua vers la table, l'air espiègle.

Le cœur de Jean se mit à battre plus vite.

Au-dessus, le ciel était bleu, bleu comme un décor brossé à la gouache.

Le singe commença à pianoter sur le clavier de l'ordinateur.

Jean se précipita vers l'animal. Cette sale bête allait bousiller l'appareil ! Mais on lui tapa soudain sur l'épaule. Il freina, fit demi-tour. Un clochard hors d'haleine s'appuyait sur lui, une écume blanchâtre aux commissures des lèvres. L'épave lui tendit la main.

– Z'auriez pas un dollar, que je me paye un café ?

Jean vit du coin de l'œil un homme et une femme vêtus de noir qui approchaient, des piles de livres sur les bras. Au loin, un homme portant un aspirateur et des tuyaux se découpait sur le décor bleu de l'océan. Lui aussi se rapprochait.

La femme en noir fit un signe à Jean et marcha plus vite dans sa direction, entraînant son compagnon. Déjà, elle brandissait un livre. Jean, détournant le regard, aperçut un point noir qui croisait sur les vagues tel un esquif. Sa forme se précisa à mesure qu'il se rapprochait.

– Bon ben, juste trente sous, alors, m'sieu.

C'était un homme qui nageait. Il portait un chic complet trois pièces et pagayait des jambes, ses avant-bras posés sur la mallette qui lui servait de flotteur. Jean en repéra un autre, puis un autre, et un autre encore. Tous convergeaient vers l'île !

Cette foule convergeait vers lui ! Il allait pousser le plus grand hurlement de toute son existence lorsqu'une idée illumina son esprit. Son cerveau se mettait au travail ! Plaçant une main sur l'épaule du clochard, il lui désigna le singe.

— Adopte-le et montre-lui des tours. Il va te permettre de soutirer plus d'argent aux gens.

— Merci, m'sieu.

Hop ! Deux cas réglés. Le téléphone sonna, d'une sonnerie forte et si stridente que Jean sentit son poil se hérisser. Il bondit jusqu'à l'appareil, qu'il lança au loin.

— Pardon, m'sieu. Z'auriez pas…

— Quoi ? encore après moi ? Regarde tout ce monde qui arrive, vêtu avec élégance. C'est bon pour toi, ça.

— Non, c'est les pires, ceux-là. J'aime mieux les gens comme vous.

— Oui, mais ceux-là aiment les singes. Allez, va, va !

Jean poussa le mendiant — et le singe qui sautillait sur son épaule — vers le premier vendeur d'assurances. Celui-ci sortit un formulaire. Le téléphone, par terre au pied de l'arbre, sonna de nouveau. Jean courut le prendre puis le donna au mendiant.

— Tu peux aussi mendier à tous ceux qui appellent.

– Merci, m'sieu.

– Monsieur, monsieur ! glapit le vendeur d'assurances, votre police vous couvre-t-elle convenablement si un arbre vous tombe dessus ?

Le clochard agrippa le vendeur par le bras et lui tendit une main après avoir lâché le téléphone. Le singe avait exécuté le même geste et tenait une poignée des cheveux du vendeur. Le téléphone sonna. Jean lui balança un coup de pied. On tapa sur son épaule. Il sursauta. C'était le mendiant.

– J'en veux plus, de vot'singe pis de vot'téléphone.

– Comment ça ?

– C'est trop facile. J'peux plus expier.

Jean se frappa le front. On tapa de nouveau sur son épaule. Il pivota. Là-bas, le téléphone sonna. À deux pas de lui, l'homme et la femme en noir affichaient un air de totale béatitude. La femme lui tendit un livre.

– Bonjour Monsieur. Saviez-vous que Dieu a beaucoup de peine parce que le monde se livre à la débauche ? Il ne vous en coûte que trois dollars pour aider Dieu à remédier au problème. Mais laissez-nous vous parler de Ses projets...

Trois autres hommes, porte-documents à la main, avaient pris pied sur l'île et couraient vers lui.

– Voilà les véritables pécheurs, dit Jean aux apôtres de Dieu, pointant du doigt les vendeurs d'assurances.

– Monsieur ! haleta le plus proche, si un refoulement d'égout survient, vos biens sont-ils couverts ?

– N'écoutez pas cet homme ! dit un autre en rabattant sa mallette sur la tête du premier.

– C'est MON client ! dit le premier, que Jean reconnut à la petite enflure sur son visage.

– Mes frères, mes frères ! Savez-vous ce qu'il faut faire pour assurer le salut de votre âme ? Bien sûr que non, puisque vous êtes ici. Laissez-nous…

– Z'auriez pas un dollar, au nom de Dieu, pour un pauvre défavorisé ?

Ces gens parlaient avec tant de conviction que personne ne vit Jean qui s'éclipsait tout doucement. Avec une telle pagaille sur la plage, personne ne le dérangerait. C'était lui le plus malin. Vite, son histoire !

Quand il s'installa devant l'ordinateur, un message clignotait à l'écran.

« C'est moi le plus fourbe, ici ! »

Un panache de fumée s'éleva de l'appareil, pendant que les lettres à l'écran se défor-maient et que des grésillements s'échappaient de l'intérieur. Puis, le moniteur s'éteignit. Quelque chose explosa dans l'ordinateur. Cela sentait mauvais.

Une boule dans la gorge, Jean se leva. L'existence étant ce qu'elle est, il n'avait d'autre choix que de prendre sa pilule. Calmement, d'un pas régulier, il marcha vers le groupe de ses tortionnaires en espérant des siècles meilleurs.

In vino mendacium

Loin de moi l'idée de prétendre que le fait de bien aimer prendre un petit verre constitue un défaut. Quand, par contre, vous en êtes rendu au point où votre bouteille est votre seule confidente ou pire, quand vous êtes devenu le confident de votre bouteille, c'est que vous avez outrepassé les limites du péché mignon.

J'avais envisagé, comme titre pour cette nouvelle, l'adage « In vino veritas », qui veut dire « la vérité dans le vin ». Mais, finalement, c'est tout à fait du contraire, dont j'avais besoin…Voici donc une tranche de la vie de Matt, probablement un ex-petit garçon rempli d'avenir.

L A PREMIÈRE CHOSE fut la nuit.
Il y eut ensuite le contact rugueux de la brique au bout de ses doigts, l'odeur nauséeuse d'une poubelle oubliée et, finalement, le mal de bloc, l'étourdissement, mais pas le genre d'étourdissement que Matt affectionnait tant. Où diable se trouvait-il?

Une fois relevées ses paupières, il aperçut ses pieds sur le trottoir, couchés vers la droite comme des essuie-glaces au repos, après quoi il devina le mur sans lequel il aurait été étendu sur le dos.

Sa main plongea en tâtonnant dans la veste élimée qui ne le quittait jamais, avant de se refermer avec tendresse sur le goulot émergeant de la poche intérieure. Matt voulut demander à sa bouteille pourquoi il ne se trouvait pas plutôt dans son petit coin tranquille, mais seuls quelques sons pâteux franchirent ses lèvres. Sans doute était-il en train de se rendre au parc quand une petite halte s'était imposée. Tout ça n'était pas clair dans son esprit.

Pour l'instant, autour de lui, il n'y avait qu'une ruelle sale. Avant la ruelle, son dernier souvenir était un battement de paupières à l'autre bout de la ville, bien appuyé sur son arbre préféré, en pleine verdure.

Sa bouteille lui aurait-elle joué un tour?

– Tu te payes ma tête, maintenant? lui chuchota-t-il, avant de l'embrasser. Mais il avait mal visé et le vin se répandit sur son épaule.

Saint-Étienne. Il était dans le quartier Saint-Étienne. Chez lui. Oui, ça lui revenait maintenant. Il était parti de chez lui, de son trou à rats dont même les rats ne voulaient pas, avec l'idée de passer une nuit au parc, le plus bel endroit au monde. Du diable s'il se souvenait être entré dans cette ruelle!

Il contempla sa bouteille, pensif, sourcils froncés. La gorgée-de-trop, c'était la gorgée-de-trop, aucun doute dans son esprit... Heureusement, le mal de bloc s'estompant, le vertige était redevenu agréable et Matt l'arrosa aussitôt pour en favoriser la croissance. Cette fois, il visa juste.

La bouteille regagna sa place, bien au chaud dans la veste de Matt, après quoi celui-ci entreprit, aidé par le mur de brique, de hisser sa misérable carcasse jusqu'à la verticale.

Au parc, la nuit, tout était beau, tout était tranquillité ; personne ne s'y rendait pour railler Matt. Les parfums de verdure y flottaient en abondance, berçant les sens de quiconque les humait. Souvent, Matt avait fermé les yeux pendant de longs moments, pleinement concentré sur les nuances qui saturaient son odorat. Le ciel y était hallucinant et flamboyait comme nulle part en ville. L'autre jour, une étoile filante s'était même consumée au-dessus du parc, avant de se saupoudrer, fine neige lumineuse, sur le cimetière voisin.

Avant toutefois d'accomplir son premier pas, Matt s'offrit, en soulevant le pan de veste qui contenait la bouteille, une longue rasade pour se donner du courage. Plusieurs rues le séparaient de son paradis, tandis que lui peinait à se tenir debout. Il décida de suivre les lampadaires pour ne pas s'égarer, sans oublier de les compter malgré sa vision floue. Matt se boucha un œil pour mieux voir mais perdit l'équilibre et percuta le mur, faisant tinter sa bouteille contre la brique. Bien protégée par le tissu, celle-ci avait encaissé le coup. Matt soupira, gloussa, puis toussa. Un gargouillement jaillit de son estomac. Puis, rajustant la veste sur ses épaules, il franchit enfin son premier pas et se jura de ne plus arrêter avant d'être parvenu à destination.

— On y va, murmura-t-il en caressant sa compagne à travers le tissu de sa veste.

Il était là depuis environ une demi-bouteille. Ayant retrouvé l'arbre qui épousait à merveille les contours de son dos, Matt avait attendu. Et attendu. Rien ne s'était passé.

Chaque nouvelle gorgée le rapprochait un peu plus de sa bouteille ; ils devenaient intimes, proches de la communion totale sauf que, ce soir, point de belle histoire. Lui en raconterait-elle jamais une autre ? Chaque fois qu'elle avait daigné lui adresser la parole, Matt avait senti une grande paix descendre sur lui. Ce qu'elle disait était beau, alors que toutes les autres fois où quelqu'un s'adressait à Matt, il n'y avait que dédain et propos blessants dans sa bouche.

Au moins, la tranquillité enveloppait les lieux. Il fit courir ses doigts sur le gazon, inspira un grand coup, s'administra une bonne rasade.

La tranquillité, c'est quand on peut être soi-même et rester bien à l'aise, sans crainte de s'attirer une remarque ou sans constamment s'imaginer ce que les autres pensent de soi. C'est aussi quand on peut entendre ses voix intérieures… et les histoires que content les bouteilles le soir… Les histoires le soir dans le noir… Matt lui-même finissait toujours par sombrer dans une sorte de noirceur au sein de laquelle l'alcool, tel un abat-jour, occultait sa conscience. De ces moments, il oubliait tout.

Éprouvant tout à coup l'envie de se lever, il laissa s'affaler son corps sur le côté pour se mettre à quatre pattes, la meilleure position de départ. Le mouvement avait toutefois secoué son cerveau et Matt eut un étourdissement. Pourquoi se lever ? Pour pisser ? Encore ? Et puis non, il ne se lèverait pas.

Ton corps est vieux et abîmé.

Matt se tourna vers la bouteille, étendue sur la pelouse au pied de l'arbre (heureusement, il avait pensé au bouchon). Vieux et abîmé ! Qu'en savait-elle au juste ? Ce n'était qu'un étourdissement. Un petit vertige. Et Matt, de toute façon, n'avait pas si envie que cela. Les bouteilles disent n'importe quoi, sauf quand elles racontent de belles histoires. Son corps, c'était son corps ; il avait toujours suffi à la tâche et durerait bien plus longtemps qu'une bouteille.

Non, il n'y avait pas de problème de ce côté. S'il y en avait un quelque part, c'était chez le monde lui-même. La société, oui. Le monde, c'est un train fou qui traverse le désert, et quand on n'est pas assez vif pour sauter dedans, on sèche.

Les vies ne sont pas toutes des déserts, pas plus que les mondes des trains.

Bon, la voilà partie.

Pour toute vie il existe un monde idéal. Même pour toi. Comme tu dois être malheureux, dans ce monde où tu es privé de tout !

Matt ne put réprimer un gloussement tant sa joie était grande. Enfin, la communion avait lieu ! Voilà que sa bouteille lui parlait, qu'elle allait bercer son esprit.

Il faisait beau, le parc était beau. Le cimetière voisin ressemblait à une œuvre d'art sous le pinceau de la lune tandis que le gazon frissonnait sous les doigts de Matt, embaumant l'air d'un parfum exquis. Soudain, il n'était plus le même homme ; la paix venait de s'installer et régnait dorénavant en maître dans son esprit.

Ici, et ici seulement, se trouvaient réunies les conditions idéales pour que sa bouteille accepte de lui parler.

Il porta le goulot à ses lèvres.

Pourquoi n'aurais-tu pas droit au bonheur ? Pourquoi devrais-tu vivre dans la crasse et la misère ? Que ferais-tu, si ce n'était du petit paradis où nous nous trouvons en ce moment ?

Elle avait tellement raison… Chaque fois qu'il quittait le parc, Matt avait l'impression de mourir un petit peu. C'était retourner dans son trou à rats, mendier à des gens qui le méprisaient, affronter son propriétaire à qui il devait toujours de l'argent.

Ici, ce serait le monde idéal pour toi. Nul endroit ne te serait plus agréable. Personne ne t'y embêterait. Pourquoi n'y habites-tu pas ?

— J'aurais jamais pensé me sentir aussi bien à côté d'un cimetière.

Le cimetière n'est-il pas l'ultime expression de la paix ?

Matt ferma les yeux pour mieux retourner cette phrase étrange dans son esprit, mais les mots s'y mélangèrent et perdirent bientôt tout leur sens. Trois longues gorgées n'y mirent pas d'ordre davantage.

En fait, je voulais te raconter une belle histoire afin de te faire oublier ta misérable existence. C'est cela, être au paradis, et c'est pour cette raison qu'on ne veut plus le quitter après l'avoir découvert.

Matt posa un regard attendri sur la bouteille, qu'il tenait entre ses mains comme le plus précieux des trésors.

– Je demande pas mieux, souffla-t-il vers le goulot.

Il était une fois le Grand Exilé qui vivait heureux sur sa terre, un paradis conçu pour lui et procurant tout à la fois paix de l'âme et subsistance.

– C'est un cultivateur ?

Il se moule à sa terre et en prend le contrôle. L'échange s'y opère : énergie, régénération.

– … hmmm… gnation ?

C'est comme si toi, tu te retrouvais dans un monde où l'air est constellé de bulles de cognac. N'y serais-tu pas heureux ?

Matt voulut siffler son approbation mais ses lèvres pâteuses ne produisirent qu'un ffff sans conviction.

Le Grand Exilé, un jour, a croisé un Chasseur. Personne ne connaît les Chasseurs ; quand l'un surgit, on perd sa terre à tout jamais. Les Chasseurs agissent sans raison, car ils n'exploitent pas les terres.

Le Grand Exilé a été dépossédé de la sienne.

– … comprends rien…

C'est la même chose pour toi quand le ventre de ta bouteille est vide. Le Grand Exilé a besoin de sa terre.

Quand le Grand Exilé bondira vers sa nouvelle demeure, il sera enfin libre. Jamais les Chasseurs ne l'y trouveront.

— C'est tout ?

Matt étendit le bras et secoua la bouteille.

— T'as déjà fini ta journée de travail ?

Il secoua plus fort, contrarié, éclaboussant son pantalon.

— Tu dors ? Pourtant, c'est moi qui ai trop bu !

Il dut se rendre à l'évidence : la bouteille ne parlerait plus. Dépité, il la laissa tomber sur le gazon en poussant un long soupir. Plus rien. Au moins, il lui restait la tranquillité du parc. En l'absence de vent cette nuit, les arbres tout autour gardaient le silence.

Un peu à sa gauche, par-delà la clôture en fer forgé, s'étendaient les rangées de stèles dont chacune portait son petit reflet de lune. Matt crut voir, tout au fond, une lueur différente, qui dansait au lieu de rester fixe. Il se boucha un œil pour scruter le cimetière, mais sa vision était si floue qu'il n'aurait su jurer de rien.

Pour tromper la solitude et afin de mieux profiter de la paix céleste des lieux, il s'offrit sa plus longue gorgée de la journée. Il n'avait pas sitôt posé la bouteille par terre que ses pensées commencèrent à se dissoudre, à s'étioler dans son esprit où il ne resta bientôt plus que des flashes multicolores, des taches de couleur qui se touchaient et dansaient ensemble derrière ses yeux.

Puis, tout devint noir.

Quand Matt reprit conscience, il entendit sa propre voix qui marmonnait. Honteux, il se tut, se lécha les lèvres, fit claquer sa langue. En tentant de se redresser, il sentit qu'une partie du contenu de sa bouteille s'était déversée sur son pantalon. Ou n'était-ce pas plutôt... non, c'était bien la bouteille, conclut-il après s'être penché pour renifler. Heureusement, il en restait. Une honnête gorgée replaça aussitôt ses idées. Où diable avait-il mis le bouchon?

Enfin réveillé!

Réveillé? Et alors? La terre avait tourné quand même, non?

Il est temps que tu visites ton paradis. Lève-toi.

— Je le connais par cœur, le parc.

Tu n'as jamais franchi la clôture.

— Là-bas, c'est les morts.

Ne font-ils pas partie du paradis?

La voilà qui disait des choses insensées.

Lève-toi, j'ai dit!

— Conte-moi donc quek'chose de beau, au lieu de déparler!

Cette bouteille était folle! Matt posa ses mains sur le sol et se leva. La lueur étrange, là-bas, pulsait entre les stèles et soudain, il éprouva l'envie d'aller la voir, de la toucher si c'était possible.

La toucher ?

Bien sûr, que tu peux la toucher. Elle aussi peut te toucher. Approche, tu verras. Elle est ton lien avec le paradis.

– Penses-tu que j'ai envie d'aller toucher une lueur dans un cimetière ? Jamais !

Et pourtant tu la toucheras. Tu vas communier avec la lueur.

Matt serra plus fort sa bouteille et l'approcha de son visage.

– J't'ai demandé de me conter une belle histoire !

Apprends donc à reconnaître la chance qui s'offre à toi : le paradis. Vas-y, si tu aspires vraiment au bonheur. Il est temps que tu cesses de te vautrer dans la misère, de te complaire dans ton malheur comme un animal trop stupide pour réagir.

La bouteille abusait de son emprise et rappelait à Matt sa propre insignifiance. Voilà que même sa compagne lui témoignait du mépris. Assez !

Viens, viens toucher la lueur.

Non, pas dans le cimetière ! Une lueur dans un cimetière, ça ne pouvait être rien de bon. Se trouver près d'un cimetière est une chose, mais être dedans, ce n'est plus pareil. Il ne faut pas troubler le sommeil des morts. C'est sacré.

La seule chose sacrée est l'existence du Grand Exilé, qui se cherche une terre. Viens toucher la lueur, elle est forte, elle est complète, elle t'apportera bonheur et tranquillité.

– C'est assez ! Je ne veux plus t'entendre dire des choses comme ça !

Je t'ordonne d'aller à la lumière, misérable épave !

– Tu viens de prononcer tes dernières paroles.

Matt ne tolérerait plus ces insultes. Il en avait assez des discours de cette bouteille. Soudain lucide, il constatait l'absurdité de sa situation. Une bouteille qui donne des ordres, un buveur qui écoute...

S'étant tourné pour faire face à l'arbre, il enserra fermement la bouteille par le goulot et la balança de toutes ses forces contre le tronc où elle éclata, projetant une pluie de vin et de morceaux de verre à la ronde.

Matt appuya ensuite son front sur l'écorce détrempée pour souffler un peu. Avait-il posé le bon geste ? Il ne savait comment l'expliquer, mais la bouteille était soudain devenue méchante. Maintenant, elle ne parlerait plus. Elle n'avait même rien dit au moment de percuter l'arbre. Matt imagina la bouteille hurlant de terreur juste avant l'impact. Cette idée le fit rire jusqu'à ce qu'une quinte de toux vînt couper court à toute réjouissance, le laissant une fois de plus au bout de son souffle.

Le silence était total dans le parc. Elle ne parlerait plus, c'était certain. Comment l'aurait-elle pu, partie en morceaux ?

Mais qu'allait-il se passer lorsque Matt reviendrait avec une nouvelle bouteille ?

Voilà la meilleure question de la soirée.

Plaqué contre l'arbre, il roula des yeux épouvantés en tous sens.

Crois-tu vraiment que j'avais besoin de cette bouteille pour avoir accès à ton esprit faible et embrumé ? N'étais-tu pas l'être le plus facile à attirer, puisque ta bouteille représentait tout pour toi ? Ne me suffisait-il pas de la personnifier ?

– Où… où es-tu ? balbutia Matt.

Là où tu peux me voir.

Comme si un aimant l'avait attiré, Matt, avant même de s'en rendre compte, s'était tourné tout d'un bloc vers le cimetière, où la lueur brillait comme jamais.

Il fallait partir ! Partir pour ne plus entendre cette voix venue il ne savait d'où et qui lui donnait des ordres, le méprisait, l'envoyait à la rencontre d'une lueur flottant dans un cimetière.

Mais plus Matt se disait qu'il partait, moins il agissait. Ses bras pendaient mollement au bout de ses épaules, comme suspendus à un clou, pendant que ses jambes refusaient de le porter hors du parc. Les vagues de l'ivresse roulaient ses pensées et pourtant, son vieux corps se tenait sans même broncher face aux rangées de stèles miroitant sous la lune.

Et face à la lueur inconnue qui l'attendait, l'appelait peut-être, immobile et silencieuse, imprécise et chatoyante, comme prête à bondir.

Approche !

Matt, tel un pantin, fit son premier pas vers le cimetière.

Le Grand Exilé s'est enfin trouvé une terre.

Menus travaux
chez la famille Brodeur
(étude rabelaisienne des mœurs
d'une famille moyenne)

On se fait tous notre propre caricature de ce qu'est un Québécois moyen. Un peu de négligence dans le maintien (d'aucuns diraient un manque flagrant de finesse), par exemple, avec une propension à se coiffer d'une casquette des Expos et à se parer d'une molle bedaine. Tout cela mériterait certainement une étude mais voici, en attendant, un bref résumé, d'un point de vue privilégié.

QUAND l'adolescente s'engouffra dans la salle de bain, téléphone en main et chemise de nuit au corps, Gérard se fit la réflexion que oui, bien sûr, il avait choisi la bonne profession. Aussi est-ce avec la plus douce des caresses qu'il effleura, du coin de sa feuille de papier sablé, le plâtre frais sur le mur. La petite, de sa voix de corneille, pouvait bien crier tant qu'elle voulait après son amoureux, rien n'aurait pu enlever le sourire qui, en ce moment, étirait les lèvres de Gérard. D'autant plus que cette voix couvrait les hurlements de la femme dans la cuisine et les marmonnements de l'homme assis à table, macérant dans sa camisole grisâtre, avec déjà trois Molson vides devant lui malgré l'heure matinale.

Quand toutefois l'aîné — le punk de la famille, apparemment — entra à son tour dans la salle de bain, les cheveux dressés sur la tête et le visage bouffi, Gérard sentit fondre son sourire comme banc de neige au soleil.

Lorsqu'en plus le hérisson baissa son caleçon et s'assit sur la toilette, Gérard perdit tout entrain ; sa main était soudain devenue plus lourde au bout de son bras, l'obligeant à déployer des trésors de motivation pour achever le sablage de finition.

Un pet fendit l'air, décuplé par l'écho de la cuvette, recouvrant un instant la voix de la fille au téléphone. Gérard nota qu'une partie de l'ardeur dont elle faisait preuve dans sa conversation s'était transmise à la partie très haut-de-cuisse qui frétillait au bout de sa chemise de nuit.

Un son insolite en provenance de la cuvette ramena bien vite Gérard à son plâtre, qu'il avait d'ailleurs trop poncé au même endroit. Oh, à peine ; son œil exercé décelait facilement la légère concavité dans le mur, mais ces gens-là n'y verraient que du feu.

La fille criait-elle au téléphone ou à son frère ? Un mouvement soudain de ce dernier laissa croire que c'était bien lui l'interlocuteur : il s'était levé pour lui montrer la partie de son corps qui travaillait le plus fort en ce moment.

La fille raccrocha brutalement, puis sortit en trombe de la salle de bain (sans rendre la pareille à Pinhead, soupira Gérard). À son tour, le punk sortit (il n'était de toute évidence pas le plus grand consommateur de papier hygiénique de la famille).

La fille revint aussitôt avec le téléphone, claqua la porte de la salle de bain, composa un numéro. Et c'est reparti !

La porte s'ouvrit de nouveau et battit contre le mur, comme dans un saloon de film western (sans l'ombre d'un doute, Gérard reviendrait ici sous peu afin de changer une porte ou une poignée). Le père de famille, une courte quille montée sur deux tiges, entra en percutant du visage le cadre de la porte. Il frotta contre le mur sur quelques pas bondissants, retrouva une trajectoire libre d'obstacles, après quoi, s'étant brusquement arrêté, il oscilla sur lui-même comme un ressort fatigué. Il porta une main tâtonnante jusqu'à son arcade sourcilière, pendant qu'une grimace de douleur se dessinait sur son visage rougeaud. Au moment où il regardait vers la droite, comme par miracle, sa grimace devint sourire. Le vieux pinça une fesse à sa fille, juste dans la partie charnue qui émergeait de la chemise de nuit. Elle cessa de parler au téléphone. Le vieux marmonna quelque chose. Un rot mousseux franchit ses lèvres, après quoi il entonna une espèce de ricanement qui mourut sur un hoquet.

Prisonnier de sa conscience professionnelle, Gérard s'était résigné à étendre une nouvelle couche de plâtre de finition, toute mince, vraiment infime, juste assez pour combler la légère concavité dans le mur.

Un bruit d'arrosoir gicla dans la pièce. Tel un pompier ayant perdu la maîtrise de son boyau, le vieux titubait devant la cuvette et arrosait partout, le foyer excepté. Un brusque déséquilibre vers l'arrière fit redouter le pire à Gérard (et dans sa tête passa l'image de la grande fontaine du casino de Hull), mais le vieux, d'un coup de reins, se renversa vers l'avant, où son front s'appuya lourdement contre le mur.

Surpris par quelques éclaboussures, Gérard se plaqua un peu plus contre le mur sur lequel il travaillait. Il souffla sur la nouvelle couche de plâtre pour en accélérer le séchage, puis nota, en reprenant haleine, que la fille, blanche et tremblotante, avait recommencé à parler. Sauf que le cœur n'y était plus. Gérard se fit la réflexion que la chemise de nuit était peut-être un peu opaque à son goût, mais bon.

Du bout du doigt, il titilla le plâtre. Encore trop friable. Résigné, Gérard attendit un long moment, bercé par le monotone bruit d'averse. Le punk fit soudain irruption dans la salle de bain. Quelques gros mots, enrobés d'injures, firent se redresser le vieux, même s'il n'en avait pas tout à fait terminé. Encore des gros mots.

Tant pis, il fallait sabler le mur sur-le-champ. Gérard avait trois autres appartements à faire aujourd'hui. Ayant choisi son papier sablé le plus fin (du 300, presque de la peau de fesse), il entreprit de caresser le mur, lorgnant la famille pour se donner du rythme.

Le vieux voulut dire quelque chose d'important mais buta sur le premier mot. Il voulut ensuite agripper le punk mais passa à côté. Emporté par son élan, il n'avait aucune chance de reprendre son équilibre. Gérard prit conscience trop tard que la quille déboulait directement vers le plâtre frais. N'ayant plus le temps de l'intercepter, il laissa le vieux s'écraser contre le mur.

Battement, puis claquement de la porte. La mère. Elle fit un pas dans la salle de bain, puis adopta une pose toute-puissante, les mains posées sur ses larges hanches, fusillant du regard chacun des occupants de la place — hormis Gérard. Elle s'adressa d'abord au punk, qui se recroquevilla juste avant qu'une pluie de claques s'abattît sur lui. Elle se tourna ensuite vers la fille et pointa un doigt vers sa chemise de nuit, en souleva une bretelle qu'elle relâcha subitement, provoquant un ample mouvement qui fit danser les yeux de Gérard. La fille leva le téléphone pour se protéger, mais finit par ployer sous le nombre de taloches.

Madame Brodeur s'approcha ensuite de son mari, toujours écrasé contre le mur. Elle l'agrippa par la ceinture et l'en décolla d'un seul mouvement. Les rides sur la moitié gauche du visage du vieux étaient comblées par le plâtre frais ; il aurait suffi d'un petit coup de truelle pour que le travail fût parfait. Quand elle l'empoigna par les cheveux pour lui soulever la tête, le plâtre se fendilla sur la joue du vieux. Une baffe magistrale fit ensuite décoller la galette de plâtre au complet. Satisfaite, Madame Brodeur fit alors un signe à Gérard, comme pour s'excuser du comportement de sa famille. Elle vida les lieux en poussant les enfants, laissant son mari ronfler sur le flanc.

Les choses ayant été mises au point, Gérard put contempler en paix l'étendue des dégâts. Il ne s'en tirait d'ailleurs pas si mal, car dans les faits, le visage du vieux avait percuté le plancher juste avant de s'arrêter contre le mur, diminuant d'autant la violence de l'impact sur le plâtre, dont seule la dernière couche avait cédé. Voilà qui serait vite réglé, maintenant que plus rien ne l'empêchait de se concentrer. Au rythme des ronflements discrets et réguliers du vieux, courte baleine échouée sur le carrelage, Gérard acheva son œuvre.

Madame Brodeur le paya rubis sur l'ongle, lui caressant même une fesse en le reconduisant à la sortie. Une fois seul dans le couloir de l'immeuble, Gérard consulta sa liste de travaux. Malgré toute sa volonté, une grimace d'horreur tordit son visage.

Il devait se rendre au 6-B. Au 6-B !

Il grignota l'ongle de son index, pendant qu'un mouvement de protestation parcourait son ventre.

Les triplets Lachance.

Ce serait l'enfer.

Le Grand Tripoteur

On a beau dire, le Ciel, cela représente un sacré bout de chemin. Ceux qui y parviennent savent qu'ils seront récompensés, car enfin leur sera révélé le sens de leur existence. Là-haut aussi, toutefois, il faut se méfier des péchés mignons des autres.

PROLOGUE

U N CERTAIN GASTON T., un bon matin,
s'en allait travailler. Or, avant d'arriver à
destination, il mourut.

A- SUIVEZ LE GUIDE !

D'abord il y a la Croisée. On y accède par
un sombre couloir ayant la particularité d'être
interminable (oui, c'est bien celui dont par-
lent les gens qui ont failli mourir), ce qui ne
cause aucun problème à ceux qui l'emprun-
tent puisque, d'une part, ils ont tout leur
temps et que, d'autre part, ils n'ont plus vraiment de pieds pour y cultiver des cors.

Le promeneur peut apercevoir au loin la lumière projetée par les feux aux sorties. Il arrive qu'il soit induit en erreur par ces feux, d'où la solide croyance d'un au-delà source de lumière.

Le piéton de l'éternité tombera invariablement sur des guides spirituels qui font le trottoir, désireux de lui montrer la voie à suivre moyennant rétribution. Heureusement, il est permis de gifler les guides racoleurs, et comme ils tendent toujours l'autre joue après un soufflet, on les contourne assez aisément.

D'imposantes projections holographiques jalonnent la route du promeneur pour égayer son long parcours. On n'y passe toutefois que de vieilles choses, et le spectateur s'aperçoit bientôt que c'est de sa propre biographie qu'il s'agit.

La Croisée proprement dite bouillonne d'activité. Ici encore, on tente d'embobiner le promeneur, et les éclats multicolores des réclames d'agences de voyages outre-vie zèbrent les longues files de clients potentiels. On y retrouve notamment la file des souffreteux qui ne se sont toujours pas rendu compte qu'ils ne souffraient plus ; celle des victimes d'accident, dont l'air perpétuellement surpris est reconnaissable entre tous ; et celle des suicidés qui ne tardent jamais à menacer de se donner la vie. Inutile ici de s'attarder à les énumérer toutes. Qu'il suffise de dire que toute personne y trouve sa catégorie et qu'il y a toujours foule à cet endroit.

Certains ignorent toutefois qu'il faut prendre un numéro en entrant et se voient ainsi confinés aux limbes d'attente pour un bon bout d'éternité. Ce sont les Athées, et personne ne les prend en pitié, car on les soupçonne de méconnaître en toute connaissance de cause.

Cette marée d'âmes ne se rend à la Croisée que dans un seul but : passer une audition auprès du Grand Tripoteur. Toutes doivent hélas ! subir la même cruelle désillusion : on ne rencontre pas le Grand Tripoteur comme ça, simplement quand on en a envie. Le promeneur doit d'abord se taper les affres de la confrontation avec toute une escouade de Sous-Tripoteurs verbeux dont les discours tournent en rond sans jamais ralentir.

Seuls les plus méritants se rendront jusqu'au bout, qui se trouve par-delà le dix-septième Sous-Tripoteur. Là où se dresse une porte qui n'est soutenue par aucune paroi, car elle n'est que symbolique. Il faut néanmoins la franchir si on espère arriver à destination.

À quelque distance derrière la porte se trouve le Désinfectoire.

Le promeneur franchissant le court boyau d'éternité qui y mène reçoit un peu d'information par l'entremise des icônes animés qui égayent son itinéraire. Il y apprend notamment que le Grand Tripoteur a les souillures en aversion et que le Désinfectoire est l'endroit tout désigné pour l'astiquage de l'âme.

Le Désinfectoire ressemble à un vestige de forêt jonché de troncs tintants, dont les racines forment un réseau tentaculaire qui se perd dans l'infini et au sein duquel nombre d'âmes s'égarent. Bien peu s'échapperont de cet endroit surpeuplé, mais celles-ci pourront alors continuer leur vaillant chemin jusqu'à l'Antichambre.

Chemin faisant, le promeneur est peu à peu gagné par une inexplicable excitation. Il lui arrive de rencontrer de longues files de ses semblables immobilisés sur l'accotement de la Voie, visiblement en train de réfléchir, ce qui le pousse à le faire lui-même. Longtemps après, ayant conclu que sa fébrilité ne pouvait être due qu'à la proximité du Grand Tripoteur, il se voit rempli d'allégresse. Tout lui semble plus beau.

C'est généralement à cet endroit que remontent à la mémoire du promeneur nombre de paroles jadis entendues. Les vivants disent que le Grand Tripoteur est si grand que nul ne peut voir son visage, qui se confond avec l'univers. On va jusqu'à chuchoter qu'il ne s'est jamais vu lui-même, faute d'un miroir approprié. On précise en outre qu'il a de petites mains et qu'il s'en sert à bon escient. Parfois, ces souvenirs ont perdu tout sens dans l'esprit du promeneur.

À celui qui, au prix de mille expiations, dans un dédale de salles dont il ne comprend pas la signification, rampant le long des tunnels sombres de l'oubli ou cheminant sur les dalles froides de l'éternité, abreuvé d'épreuves arides et d'interrogations subtiles, à celui-là qui a su faire preuve de persévérance, il est donné la chance d'aller plus loin.

Toute chose ayant un sens, le promeneur devient tellement convaincu qu'il touche au but, qu'il va enfin trouver le Grand Tripoteur derrière une porte que, en moins d'une poussière de temps, celle-ci se matérialise devant lui.

Il tend la main vers la poignée.

❦

B- La prise de tête et de conscience

Sitôt le seuil franchi, Gaston regretta de ne pas avoir emporté ses verres fumés en partant de chez lui.

Non seulement ce petit oubli avait-il causé sa mort, car en ce lundi, un camion avait croisé sa route en même temps qu'un aveuglant rayon de soleil, mais en plus il se trouvait maintenant dans un endroit où le mot éblouissant était trop blême pour donner une juste idée de l'éclairage ambiant.

Lundi ? Lundi matin ? Ne venait-il pas de marcher pendant des siècles le long d'un chemin jalonné de stations toutes plus délirantes les unes que les autres ?

Tout était ici tellement uniforme que Gaston n'y voyait rien. Il pressentait toutefois quelque chose, une forme, qui sait ? une présence. De la même façon que l'on peut deviner, dans le noir total, la présence de quelqu'un qu'on ne voit pas. Sauf que Gaston, lui, était dans le blanc.

Un étrange parfum flottait autour de lui. Comme il tournait sur lui-même dans l'espoir d'apercevoir quelque chose, Gaston buta contre un obstacle. Difficile, ici, de définir ce qui est solide et ce qui ne l'est pas. Au long de son cheminement, tout ce qu'il avait touché possédait une certaine élasticité ; Gaston lui-même se sentait en quelque sorte poreux, perméable. Mais ce qu'il venait de toucher contrastait singulièrement avec ce qu'il avait jusqu'alors rencontré.

L'extrémité de l'objet, arrondie aux coins et tendre au contact, était parcourue d'innombrables réseaux de fines craquelures. Le dessus, à peu près de la hauteur de Gaston, était parfaitement lisse et très dur. Pas la moindre élasticité, malléabilité ou pénétrabilité.

Gaston recula. Sa perception de l'objet s'améliora à mesure que ses sens s'habituaient à leur nouvel environnement. Quand il en fut suffisamment éloigné, il prit brusquement conscience de sa nature.

La surprise était de taille.

– Il fallait bien que je fisse que tu me voies ! roula une voix plus forte qu'un coup de tonnerre.

Gaston sursauta. Cette voix venait-elle de l'univers tout entier ou de l'intérieur de sa personne ?

– Quoi ? hoqueta-t-il.

– Il fallait bien que je fasse que tu me visses.

Gaston remercia intérieurement cet instinct qui permet à tout promeneur de reconnaître le Grand Tripoteur dès qu'il en voit un bout. Ceci lui insuffla courage et entregent. Ne se trouvait-il pas en présence de l'Ami de tous, du Père de tous ? Ragaillardi, il retourna auprès du Très Gros Orteil et s'y appuya.

– C'est bien vrai, fit timidement Gaston, le visage tourné vers le haut. Il fallait bien que tu fisses que je te visse.

– Laissons tomber les verbes. Ce sont nos efforts qu'il faut conjuguer, afin que tu puisses faire partie de l'Univers à ton tour.

– De l'Univers ?

– L'Univers, c'est moi.

– Mais vous êtes…

– Je suis le Grand Tripoteur, et grandeur nature.

Impressionné, Gaston se dit qu'aucun doute n'était plus permis : il était rendu au bout de sa marche.

– Mais pourquoi, votre Grandeur Nature, m'apparaissez-vous sous les traits d'un vulgaire doigt de pied ? demanda-t-il, tout en grattant négligemment le coin droit du Très Gros Orteil.

– Pour être aperçue, l'immensité de ma figure — un peu plus haut, s'il te plaît, oui, c'est bon — demande du recul ainsi que ma permission.

— Je ne vous voyais pas comme ça.

— As-tu perdu tes illusions en même temps que ton corps ?

— Pas du tout, reprit Gaston. Je suis venu ici pour... pour faire ce que font tous ceux qui viennent. Le plus vite possible, si vous n'y voyez pas d'inconvénient. Loin de moi l'idée de vous brusquer. Je veux simplement la vie éternelle, le bonheur éternel, vous savez, tout le tralala.

— Ah oui ! la vie éternelle... Mais il me faut d'abord enlever mes gants blancs et les impuretés qui te souillent, ô mon âme.

Deux mains, surgies de nulle part, se tendirent vers Gaston. La croyance disait vrai : les mains du Grand Tripoteur étaient petites, sans commune mesure avec l'énorme orteil sur lequel Gaston s'appuyait. Charmé, il tendit une main pour serrer la pince de l'imposant personnage.

— Les impuretés ? fit-il. Excusez-moi, Grand Peloteur, mais j'ai passé par des tas d'endroits où il fallait se les enlever. Ce ne serait que superfluité que de...

— Superfluités que tes paroles, et toi-même, gronda le Très Grand, dont la voix roulait dans l'espace et faisait se dilater un peu plus l'univers.

Gaston avait figé, le bras tendu devant lui. Il comprit que les mains du Grand Tripoteur n'étaient pas là pour serrer la sienne. La Droite se posa avec douceur mais fermeté sur sa tête, l'enserrant entre ses doigts comme pour la maintenir, après quoi la Gauche, brusquement, bondit vers lui.

Dans lui.

C- Le zeugme ultime

La sensation était affreuse. La main fouineuse tâtait sans vergogne la conscience de Gaston, grattait, palpait, explorait la moindre de ses facettes. C'eût été, de son vivant, comme si un chirurgien, à froid, avait plongé une main dans son ventre pour en examiner la tuyauterie.

— Faire sortir le méchant et la vérité, psalmodiait le Très Grand sans cesser de fouiner.

L'âme de Gaston s'étirait en tous sens, déformée par le va-et-vient de l'intruse qui, à l'occasion, s'immobilisait pour mieux délimiter un contour ou un travers.

— Pétrir les pensées et la substance moelleuse...

Gaston commençait à trouver un peu brusques les manières du Grand Tripoteur. Un viol ! On violait sa personnalité ! Et lui, impuissant, subissait sans mot dire cet outrage. Toutes ses facettes étaient palpées une à une, stimulées, titillées et excitées. Le tripotage cessa brusquement.

— Oh ! un grumeau ! dit la voix toute-puissante.

– Ouille ! cria Gaston à cette impression de déchirure intérieure.

Soudain enflammé par la colère, il jeta un regard mauvais au bras plongé en lui.

Le bras tira un coup sec et la main pleine sortit de Gaston, dont l'humeur tomba brusquement à plat. Jamais une telle chose ne lui était arrivée. Décontenancé, il chercha l'inspiration pour regonfler sa colère.

– Ta colère est terminée, mais hypertrophiée, dit le Grand Tripoteur.

Au creux de sa main gisait une chose tout à fait dégoûtante, de couleur noire, informe et molle. Cela pulsa à trois ou quatre reprises, puis cessa. Le Très Grand en fit une boulette et la lança dans une trappe que Gaston remarquait pour la première fois et d'où s'échappaient des flammes rouges. Un bruit de mastication se fit entendre, puis la trappe disparut.

De se faire subtiliser un sentiment aussi intime que la colère contraria terriblement Gaston, mais rien à faire : toute révolte lui était désormais interdite ; la colère n'était plus sienne. Son orgueil allait protester contre ce vol pur et simple lorsque la main replongea en lui.

– Dites, Grand Patouilleur, osa-t-il, ça vous dérangerait de demander la permission avant de taponner mon âme comme ça ? On a son orgueil, quand même…

Quelques tâtonnements plus tard, la main fouineuse s'immobilisa. Nouveau coup sec. Elle sortit cette fois un objet brun et mou qui s'écoulait presque entre ses doigts. Les mains le caressèrent un moment, et l'objet devint plus gros et plus laid.

L'orgueil de Gaston suivit sa colère dans la trappe aux flammes, d'où monta un joyeux bruit de lapements. Gaston commençait à se sentir mal. Il y avait un trou dans son identité, un vide là où auparavant se trouvait une partie de lui-même. Une grosse faille dans son être.

— Te voici enfin vidé d'arguments, mais l'es-tu bien de méchant?

Voilà qui donna à réfléchir à Gaston. Ne se sentait-il pas déjà mieux ? Tout allait bien, finalement. Il était sûrement une bonne personne, ainsi purgé de défauts. Qu'était-il, après tout, pour s'opposer au Grand Tripoteur? Ce dernier était vraiment un chouette type.

— Je ne suis, ô Grand Trifouilleur, que votre insignifiant joujou qui ne demande qu'à vous servir. Faites comme chez vous.

— Voilà qui est bien dit et délicat de ta part.

C'est à ce moment que les mains se mirent vraiment à la tâche. Gaston fut malaxé comme une pâte pendant une éternité. Il ne comptait plus les fois où la main était ressortie de lui avec un morceau hideux de sa personnalité. La faille de son identité était devenue une lézarde courant tout au long de son être. Il finirait par s'écrouler!

Brusquement, tout cessa. Gaston n'était plus qu'une entité fragmentée, décomposée. Comment pouvait-il tenir encore en un seul morceau?

Il dut cependant admettre qu'il se sentait plutôt bien. Pas de problème, d'inquiétude ou d'angoisse.

– Prépare-toi à naître, sans laisser trace ni arrière-pensée !

– Ça veut dire quoi ? demanda Gaston d'une voix douce et radieuse.

– Que tout ce qui reste de toi est bon et… excellent.

– Bien joué, approuva sans réserve Gaston.

– Bien ? ajouta le Grand Tripoteur. Je fais tout très bien : l'Univers, la Conversation et la Popote.

– La popote ? gazouilla Gaston.

Sa question demeura en suspens jusqu'à ce qu'un objet brillant descende vers lui, guidé par la main droite du Grand Tripoteur. Gaston prit soudain conscience de sa nature, mais il n'y avait plus rien à faire, à dire ou à penser.

L'énorme cuiller à âmes le ramassa et l'éleva vers le Très Grand, qui l'avala sans même mastiquer.

Chasse à l'âme

*Voilà. C'est le moment du Grand Départ, l'ins-
tant ultime. Vous avez trimé dur toute votre vie
et vous vous dites que tout est terminé. Et si, au
contraire, cela ne faisait que commencer ? Vous
partez vers le Ciel pendant qu'en bas, dans
votre chambre, les gens font les choses dans les
règles. Euh... est-ce toujours le cas ?*

— *A*RUM *sacrum... il pater... il filum... fili...*

Non, ce n'était pas tout à fait ça. Le père Labonté cligna de l'œil gauche pour déloger la goutte de sueur salée pendue à son cil, qui menaçait d'aller lui brûler la cornée. Il devait garder toute sa concentration sur les derniers sacrements qu'il était censé administrer. Or, les râles du moribond sur le lit mélangeaient ses idées, et le père n'avait de toute façon pas la moindre connaissance du latin.

La goutte de sueur se balançait au bout du cil. D'une brusque détente de la paupière, le père envoya valser la goutte sur la main du mourant, qui eut presque un sursaut.

– Euh... *Spiritum Ali... blémirustum sirolatum parabimdum...*

Le bon père sentait ses nerfs sur le point de lâcher. L'essentiel était de ne pas le laisser voir aux autres.

Bon sang, comment diable donnait-on l'extrême-onction ?

Tous ces gens dans la chambre l'énervaient. Le flic, surtout. Qu'attendait-il pour retourner faire sa ronde, celui-là ?

– *Rigum sebum ocsisincum...*

Voilà que ses mains tremblaient. Pour camoufler le problème, le père Labonté traça quelques signes de croix dans les airs.

– *Bibum pablum excitare animam...* euh *y spiritus sancti.*

Combien de temps ce supplice devait-il durer ? Jusqu'à ce que ce Basile Tremblay se décide à crever ? Le père aurait hurlé pour chasser un peu de la tension qui l'étreignait. Finirait-il par s'évanouir ? Sa carrière allait-elle se terminer dans la honte d'une dérisoire perte de conscience ?

En fait, il aurait eu de bonnes raisons de craquer. La moindre n'était pas que le père Labonté s'appelait en fait Robert « Tortellini » Giguère, qu'il était très loin de la sainteté et qu'il avait quelque chose comme deux corps policiers au complet à ses trousses.

On ne l'y reprendrait plus à aller se cacher dans un presbytère après un hold-up avorté !

Les narines du mourant frémirent. Tortellini voyait les yeux rouler en tous sens sous les paupières closes. La cage thoracique du vieux Tremblay se soulevait avec difficulté, comme un antique soufflet de forge prêt à se fendiller. L'air, à chaque aller-retour, faisait grincer les canalisations du moribond, raclait les vieux tuyaux quasi obstrués, remuait les dépôts visqueux accumulés au fil du temps. Mais le vieux tenait le coup.

Il sembla même reprendre vie. Ses paupières s'étaient écartées et deux yeux ternes s'étaient posés sur Tortellini. Quelques nerfs saillirent sur son cou, mais sa tête ne put quitter le support de l'oreiller.

L'effort n'était pas passé inaperçu dans l'assistance, aussi Tortellini s'empressa-t-il de réagir en prêtre. Cérémonieusement, il se pencha vers le visage livide et fripé. Les lèvres violacées tremblotèrent, laissant s'échapper un faible filet de voix. Le moribond tenait à dire quelque chose avant de partir.

– Mon père… je m'accuse d'avoir tenté… il y a quarante-cinq ans… rrr… rrr…

Sa voix se noya dans un océan de sécrétions. Le vieux contracta sa gorge à quelques reprises, grimaça, souffla.

Les membres de la famille étaient pétrifiés devant l'état du patriarche, entouré de ses meubles du siècle dernier, dont le visage n'était plus qu'une tache blanche dans la pénombre de la chambre. Le flic, lui, était toujours là. Pourquoi ?

Tortellini avait failli s'évanouir au moment où un policier était entré en trombe dans le presbytère où lui-même venait de se réfugier. À peine avait-il eu le temps d'enfiler une soutane.

– Excusez-moi, mon père, avait dit le flic, on demande d'urgence un prêtre tout près d'ici. Un vieillard est sur le point de rendre l'âme et a demandé l'assistance d'un homme de Dieu.

– Grand Dieu ! s'était exclamé Tortellini.

La banque qu'il venait de braquer se trouvait à deux rues de là, et le quartier devait fourmiller de patrouilles. Dans les circonstances, il n'aurait pu trouver de meilleure escorte qu'un policier.

– Il n'y a pas de temps à perdre, mon fils. Conduisez-moi !

Avant que le vrai curé de la paroisse n'arrive ! avait-il ajouté pour lui-même.

Tout ne s'était malheureusement pas passé comme prévu. Le policier l'avait bel et bien conduit au chevet du mourant, sauf qu'au lieu d'aller se joindre à la chasse à l'homme dans le quartier, il était bêtement demeuré planté dans la chambre, casquette à la main. Que voulait-il ? Prouver à la famille que la police pouvait faire preuve de sollicitude ?

Le vieux avait fini de s'éclaircir la gorge. Il continua ce qui avait tout l'air d'une confession.

– ... je m'accuse d'avoir essayé... de séduire une bonne sœur... Dieu merci j'ai échoué... mais...

Tortellini soupira. Le vieux allait-il se vider le cœur de trois quarts de siècle de petites joies ? Non. C'est plutôt d'énergie qu'il semblait s'être vidé. Que pouvait répondre un vrai prêtre à un tel aveu ? Il fallait dire quelque chose !

Le regard des autres occupants pesait sur lui. Bien qu'il fût impossible qu'ils aient entendu la confession du vieux, ils l'avaient sans doute vu parler. Tortellini chuchota finalement à l'oreille du mourant, pour donner le change :

– Euh… mon fils, les femmes du Seigneur sont impénétrables.

Le vieux trouva soudain la force d'arquer les sourcils. Ses yeux jaunâtres étaient devenus ronds et fixaient Tortellini. Ils ne bougeaient plus. Ni les sourcils. Les râles avaient cessé, les soufflets s'étaient affaissés.

Le vieux était parti.

Basile Tremblay émergea lentement du sarcophage de chair qui l'avait si longtemps maintenu au lit. Il se pencha sur ce corps émacié dans lequel il avait peine à se reconnaître. Comme c'était étrange ! Il se sentait plutôt bien, quoiqu'un peu gazeux.

L'invalidité, l'impuissance, les blessures répétées à l'orgueil, l'humiliation, la souffrance, rien de tout ceci n'existait plus. Cela avait-il jamais existé ?

L'endroit où il se trouvait, lui, était bien réel, mais Basile le voyait maintenant d'un autre œil. La réalité ne serait-elle qu'une question de point de vue ? Il y avait des gens, ici, des gens qu'il aimait… ou plutôt qu'il avait aimés, parce qu'un drôle de sentiment l'habitait en ce moment ; leur souvenir s'éloignait lentement de lui, comme si Basile devait impérativement partir, passer à autre chose.

Il s'attarda néanmoins dans cette chambre qu'il n'avait pas quittée depuis une éternité et remarqua les couleurs qui auréolaient les gens dans la pièce, épousant leurs formes et suivant leurs mouvements comme autant de scaphandres de lumière. Il sembla aussi à Basile que les membres de sa famille bougeaient avec une lenteur inhabituelle.

Gina, sa fidèle compagne de toute une vie, se tenait le corps bien droit. Elle était nimbée de jaune-orangé, une teinte qui lui allait à merveille. Au soir de sa vie, elle restait belle et digne face au départ de son Basile bien-aimé. Sa maîtrise de soi ne lui avait jamais fait défaut.

Basile ne voyait que des couleurs agréables autour des personnes présentes. Certaines s'ornaient de bleu, d'autres d'un rouge empreint de noblesse, ou d'un jaune éclatant de bonté.

Basile ne percevait plus de mouvements chez les gens présents. Il remarqua en outre qu'il n'y avait aucun bruit, ni le plus petit courant d'air. De nouveau il porta son regard sur Gina. Une de ses mains était plus élevée que tout à l'heure. Un moment plus tard, il prit conscience que la main continuait de monter.

Le prêtre était toujours debout à côté du lit et ne semblait guère dans son assiette. Basile grimaça à la vue des couleurs qui enveloppaient le saint homme. Au-dessus de sa tête jaillissaient des protubérances brun terne, encadrées d'un vert jaune bilieux du plus mauvais effet.

En se détournant du prêtre, il aperçut une espèce de lien argenté reliant son propre nombril à celui du cadavre sur le lit. Son cadavre. Basile n'avait plus de corps ; il en avait toujours la forme mais il voyait à travers lui. Il remarqua, là où aurait dû se trouver son ventre, ce qui ressemblait à une serrure qui fixait la corde d'argent à sa substance. Il eut beau tâter, le mécanisme en était incompréhensible. Cela ne gênait nullement ses mouvements et Basile décida de partir. Non qu'il eût la moindre idée de ce qu'il devait faire, mais une espèce d'appel lui parvenait et il n'avait qu'à se laisser aller pour aussitôt dériver dans une direction. Ce n'était pas vers la porte de la chambre. Basile se fit la réflexion qu'il terminerait sa dérive contre le mur, or celui-ci disparut subitement, ouvrant toute grande une voie vers son destin. La corde d'argent fixée dans sa substance s'étirait facilement et ne constituait pas une entrave.

Sans ressentir la moindre fatigue, il traversa une ville des plus étranges où il ne rencontra âme qui vive. Un quartier sans âge, sans bruit, sans vie, qui n'évoquait aucune ville dont il pût se souvenir. Là où un escalier en colimaçon aurait pu évoquer Montréal, on trouvait aussi les pierres du Vieux-Québec, de même que les maisons allumettes de Hull. Plus loin, des façades ternes donnaient l'impression d'être limitées à deux dimensions, comme un décor qui cache le néant. S'agissait-il bien d'une ville, ou n'y avait-il qu'une seule rue d'une longueur inimaginable avec, tout au bout, une lueur qui l'invitait ?

Par-delà l'inconfort que lui inspirait ce décor, Basile avait un but à atteindre : le Ciel. Le Ciel et rien d'autre. Comment aurait-il pu en être autrement ? Où aurait pu aller un fervent catholique qui n'avait jamais raté une messe du dimanche, qui avait toujours été généreux à la quête et qui, chaque année, allait gravir à genoux les marches de la Scala Santa à Sainte-Anne-de-Beaupré ? Au Paradis, nulle part ailleurs. Et quelque chose lui disait que la lumière, là-bas, tout au bout... Basile en était convaincu. Absolument certain. Sa foi était inébranlable. Le Ciel. Il n'avait que ça à l'esprit.

D'ailleurs, il avançait de plus en plus vite. Sans même allonger le pas, il avait atteint une allure vertigineuse. La rue n'était plus qu'un long boyau encadré de façades déformées par la vitesse.

Puis, subitement, il s'immobilisa près d'un mur colossal, dont les extrémités se perdaient dans l'infini et dont la blancheur immaculée semblait sécréter son propre éclat. En son centre, directement face à Basile, il y avait une porte. En bon croyant, il reconnut immédiatement la porte du Paradis.

Qu'un mur aussi titanesque, aussi majestueux dût se contenter d'une vulgaire porte de contre-plaqué, déjà, lui paraissait curieux. Mais que la serrure de ladite porte fût un simple crochet passé dans un œillet était totalement grotesque.

Passant outre cette constatation, Basile marcha vers la porte. Il lui tardait d'entrer au Ciel ! Quand il voulut poser son pied sur le paillasson en poils d'or, quelque chose le retint. Mais il n'y avait personne derrière lui. En insistant, il sentit un tiraillement dans sa substance.

Basile regarda son ventre, où la corde d'argent était tendue au maximum, l'empêchant d'atteindre la porte même en s'étirant.

Deux doigts. Il était à deux doigts de la surface de bois et ne pouvait frapper ! Quelle ironie ! Aucune contorsion ne put lui faire gagner ces quelques précieux centimètres. Le crochet qui fermait la porte continuait de le narguer, inaccessible.

Des bruits de pas résonnèrent de l'autre côté. Quelqu'un venait ! Gonflé d'espoir, Basile écouta. C'était sûrement la personne chargée d'accueillir les gens comme lui, de leur ouvrir la porte, de crocheter la serrure de leur corde d'argent, et de les faire entrer.

— Y a quelqu'un ? demanda la porte.

– Oui, je veux entrer, dit Basile. Je suis mort.

– Bienvenue au Paradis, mon frère. Tu n'as qu'à enlever le crochet et entrer.

– C'est que... j'ai un petit problème. Je n'arrive pas à y toucher à cause de...

– Alors désolé mon vieux, je ne peux rien faire pour toi. Le crochet est de ton côté, non du mien.

– Laissez-moi vous expliquer...

– Il n'y a qu'une explication : personne n'a prononcé le Code Oral qui débloque la serrure de ta corde d'argent. Désolé, mon vieux, mais il faut que ce soit fait là-bas.

– Le Code Oral ?

– L'extrême-onction, quoi. Désolé, mon vieux.

– Mais ce n'est pas ma faute !

– Ni la mienne, conclut la porte. Allez, à la revoyure !

Les pas s'éloignèrent de l'autre côté de la porte. Abattu, Basile se laissa tomber sur le sol.

L'extrême-onction. Code Oral. Corde d'argent. Serrure. Tout concordait. Basile voyait le lien, sauf qu'il devait y avoir une fausse note quelque part. Quelque chose, dans le processus, n'avait pas fonctionné. Basile réfléchit, chercha une erreur tout en jouant distraitement un air de contrebasse sur sa corde d'argent tendue.

À bien y penser, ce prêtre, dans sa chambre, avait un comportement curieux. Il ne semblait pas à l'aise. N'avait-il pas également dit des choses bizarres ? Basile revit la scène de son départ, les couleurs qui flottaient autour des gens. Celles du prêtre, dégoûtantes. Ce prêtre, décidément, devait représenter la clé de toute l'affaire. Sinon, cela revenait à dire que l'extrême-onction n'avait pas fonctionné. Ou que sa serrure était défectueuse. Pour comprendre ce qui lui arrivait, Basile n'avait qu'une seule solution : il devait retourner là-bas.

Avec pour toute boussole la corde d'argent reliée à son cadavre, Basile tenta de visualiser sa chambre. Immédiatement, la sensation de déplacement se fit sentir et le décor commença à glisser autour de lui. Déjà, il parcourait à rebours la rue étrange de tout à l'heure à une vitesse qui l'empêchait d'en reconnaître le moindre segment.

Soudain, Basile déboucha dans la chambre où les siens se tenaient immobiles, en compagnie du policier et du prêtre, non loin de sa propre dépouille.

Il observa.

❧

– A-t-il dit quelque chose, mon père ?

Gina s'était avancée de quelques pas avant de s'adresser au prêtre. Elle avait cru voir Basile remuer les lèvres. Elle faisait l'impossible pour se donner un air calme, mais la douleur de voir partir son vieux compagnon la tenaillait et filtrait à travers sa voix.

Le prêtre, qui était en nage, avait sursauté. Se pouvait-il que la charité humaine pousse un homme à dépenser tant d'énergie pour assurer la paix de l'âme d'un mourant? Il parla enfin, couvrant le bruit des sirènes de police qui hurlaient dans la rue.

— Si, il a parlé, mais vous savez, mad... ma sœur... ma fille... le secret professionnel... je ne vais quand même pas le moucharder.

— Évidemment, mon père, soupira Gina. Pardonnez-moi cette indiscrétion.

— Votre docteur va-t-il bientôt arriver? intervint le policier. J'ai l'impression que votre mari ne respire plus.

La voix du policier eut un drôle d'effet sur le prêtre: il rentra la tête entre ses épaules.

Gina se tourna vers son Basile. Parvenu à la toute fin de sa vie, il conservait sur son visage la beauté de la bonté. Ses traits fins et délicats portaient toujours un peu de jeunesse et ses yeux donnaient encore l'impression d'être prêts à dispenser leur tendresse à la ronde. Un jaillissement chagrin gonfla le cœur de Gina. Que lui resterait-il comme vie une fois son homme parti? La famille? Ces gens figés dans les coins de la chambre, pour qui la meilleure occasion de retrouvailles en cinq ans avait été la possibilité d'assister en direct à la mort de leur père? Encore un peu et ils organisaient un buffet froid!

Le père Labonté était vraiment dans un état lamentable. Au chevet de Basile, il jetait de fréquents coups d'œil d'un côté et de l'autre. Gina pouvait deviner tous les muscles tendus malgré la soutane qui les recouvrait.

D'un geste brusque, le prêtre balaya l'air d'un bras comme pour chasser une mouche importune. Pauvre père ! Surmené, sans doute. Voilà qu'il portait une main à son ventre, puis la retirait. Les tourments d'un homme trouvent toujours un écho dans son estomac.

Gina regarda son Basile, ses yeux surtout. Qui ne cillaient plus ni ne bougeaient. Comme si…

Soudain, tout le monde poussa un cri de surprise.

Le père Labonté venait de s'écrouler avec fracas, inconscient.

Basile ne quittait pas le prêtre des yeux. Il lui sembla anormal qu'un homme de Dieu eût une aura aussi nauséeuse. Une seule conclusion était possible : cet homme n'était pas un prêtre. Et pour tant déplaire dès le premier regard, il ne s'agissait assurément pas de quelqu'un de bon.

Tout s'enchaînait dans l'esprit de Basile. Si l'extrême-onction n'avait pas déverrouillé sa corde d'argent, c'est simplement parce qu'elle n'avait pas été psalmodiée correctement, puisque cet homme n'était pas un vrai prêtre.

Quel genre d'homme pouvait bien être assez immonde pour se substituer à un prêtre au chevet d'un mourant, en l'occurrence

Basile lui-même ? Plus il regardait le faux prêtre, plus il lui trouvait des caractéristiques repoussantes. Cela allait tout à la fois au-delà et en deçà de l'aura.

Son visage long et effilé tenait du faciès de rongeur, avec ses petits yeux trop noirs pour être simplement cruels et son museau fouineux agité de palpitations. Même la fine moustache formée de quelques longs poils y était.

Basile tournait autour de l'être abject en poussant des grognements que personne n'entendit. Il inséra un doigt dans la substance du faux prêtre et tira un « ploing ! » discordant de sa corde d'argent détendue. Puis, ayant décidé qu'il en avait assez vu, Basile plongea furieusement ses deux mains dans le corps de l'usurpateur, agrippa sa corde d'argent et tira un bon coup sec.

L'âme du bandit vola par-dessus le cadavre de Basile et retomba de l'autre côté du lit. Son corps, toujours sur place, s'affaissa comme un costume sans support.

Le faux prêtre se releva, un point d'interrogation gravé sur son visage translucide. Il vit soudain Basile à quelques pas de lui, puis son cadavre étendu sur le lit. Il secoua la tête, marmonna quelque chose, frotta ses yeux désormais immatériels. Il se rendit compte que ses mains pénétraient dans son visage et aperçut à travers celles-ci son propre corps écroulé de l'autre côté du lit. Il recula de quelques pas.

Basile profita de son trouble pour prendre un air autoritaire et menaçant.

– Qui es-tu donc, ordure, pour oser profaner une soutane et tout ce qui s'y rattache ? Sais-tu qu'à cause de toi, je ne…

L'autre se raidit soudain, comme si le ton exagérément dur de Basile l'avait sorti de sa torpeur. Ses traits redevinrent effilés.

– La ferme, le fantôme ! C'est à Tortellini Giguère que tu parles, et il n'a pas besoin de ton avis ! C'est en mon honneur que tu entends toutes ces sirènes de… de…

Tortellini venait probablement de se rendre compte qu'il n'entendait plus les sirènes. Il donna tous les signes d'une intense confusion, un peu comme Basile dans les moments qui avaient suivi son décès. Comme celui-ci avait maintenant un peu d'expérience, cela lui conférait un avantage. Mais un avantage pour quoi, au fait ? Basile n'avait pas la moindre idée de ce qu'il devait faire.

Les personnes dans la chambre avaient des positions grotesques, figées en plein élan vers le corps du faux prêtre qui venait de s'écrouler. Gina, les deux bras tendus, devait se dire des choses comme : « Oh ! le pauvre saint homme ! » Albert, son plus vieux, était probablement heureux qu'il y ait enfin un peu d'action. Les autres suivaient le mouvement pour des motivations obscures, y compris le policier.

Le policier !

Basile savait maintenant quoi faire. Il dévisagea Tortellini, qui regardait également l'agent. Le criminel dut deviner son intention, car il prit la fuite dans la direction que Basile avait empruntée au début.

Sans perdre de temps, Basile bondit jusqu'au policier et plongea les mains dans son corps. Il extirpa son âme de la même façon qu'il l'avait fait pour Tortellini.

∼∾

Comment sortir de cette maison tout en conservant une attitude respectueuse envers la famille du mourant ? Ou plutôt du mort, car je l'ai bien observé et l'individu semble tout à fait inerte. Je ne voudrais quand même pas déshonorer le service de police. De ma position, je n'arrive pas à voir si ses yeux bougent toujours, mais ils sont ouverts, pas de doute. Ses râles, en tout cas, ont cessé. C'est peut-être un indice.

L'appel des sirènes de mes confrères fouillant le quartier me triture. La plus grosse chasse à l'homme de l'année, et je suis là à moisir au chevet d'un mourant ou pire, à participer à la veillée du corps. Mais oser m'avancer et commencer à palper le cou du moribond serait mauvais pour l'image de la police, donc pour la mienne auprès de mes supérieurs. Qu'attend donc le prêtre pour vérifier si son client est toujours là ? Je dois dire que le mourant a presque meilleure mine que lui. On dirait que Dieu lui chuchote des choses à l'oreille : sa tête bouge comme une girouette au vent.

Il s'écroule ! On aura tout vu ! Quel boucan ! À croire que sa soutane est pleine de crucifix et de scapulaires.

Ça y est. C'est la ruée générale vers le prêtre. Ils vont l'étouffer. Bon sang ! Et si c'était le cœur ? Vite, un massage !

— Laissez-moi pass... ouille !

Me voilà rendu à l'autre bout ! Imposs... Je ne me suis même pas fait mal ! Comment... Mais qu'est-ce qu'ils font tous figés comme ça ? Hé ! il n'y a plus de bruit nulle part !

Il y a un type qui flotte au-dessus du mort... et c'est le mort lui-même !

Maman ! Viens me chercher ! J'comprends plus rien !

❧

Basile dut brusquer l'âme du policier qui cherchait à comprendre ce qui lui arrivait. À force d'explications et de détails, le message finit par passer. Le policier comprit son rôle. L'acceptait-il ?

— Et pourquoi je le ferais ? Je suis policier sur terre, non dans l'éther.

— Mais cette capture ne vous vaudrait-elle pas un peu de considération de la part de vos supérieurs ? Ou même un peu d'avancement ?

Le point sensible était touché.

— Dire, soupira l'agent, que j'avais Tortellini Giguère à portée de la main tout ce temps, pendant que des dizaines de policiers sillonnaient la ville à sa recherche...

— Vous ne pouviez pas savoir. Mais il faut le rattraper ! Il m'a humilié devant le Tout-Puissant. Par sa faute, la porte du Paradis m'est... enfin, je vous expliquerai. Vous voulez cet homme vous aussi, pour des raisons évidentes. Venez, que je vous apprenne quelques rudiments, dit Basile en entraînant l'agent à sa suite.

Le policier comprit rapidement le mode de déplacement. Basile s'amusait toutefois de sa réaction pendant que, progressivement, le décor de meubles anciens et de lourdes tentures ornant les murs s'estompait pour laisser place au paysage irréel de la ville inconnue. Ses rapides coups d'œil de tous côtés révélaient sa confusion devant l'aberration spatiale dont il était témoin. Tout comme Basile la première fois. Ils ne progressaient ni vers devant, ni vers la gauche ou la droite ; la chambre ne s'éloignait pas derrière eux au rythme de leur avance mais se dissolvait lentement dans l'espace pendant qu'autre chose s'y substituait.

Ils débouchèrent tout à coup dans la ruelle crasseuse et anonyme, entre les rangées de façades tristes et rugueuses qui s'étendaient à l'infini. La vue se butait à ces briques sans âge dans sa tentative pour regarder au-delà, mais une intuition, un sens nouveau devinait un gouffre incommensurable derrière ces façades.

— La rue est longue, dit le policier. On ne le rattrapera pas de sitôt. On dirait une ville de carton-pâte.

— La rue est sans fin, dans un certain sens. Par contre, il y a une limite à la distance que Tortellini peut parcourir, répondit Basile en tirant un si bémol de sa corde d'argent semi-tendue.

— Ah ? s'exclama l'agent en apercevant sa propre corde d'argent. Mais comment avez-vous appris tant de choses en si peu de temps ? Quelques secondes à peine, je dirais, ou quelques minutes tout au plus.

— Le temps ? Ah ! le temps, vous savez… Mais pensons plutôt à notre homme. Regardez, il y a des espaces sombres entre les façades.

— Vaudrait mieux vérifier chacun de ces recoins. Sait-on jamais ?

***

Il y eut un flottement dans la ruée vers le prêtre.

Le policier avait crié, puis s'était écroulé à son tour. Gina en était restée pétrifiée.

— Oh ! mon Dieu ! s'écria-t-elle enfin. Mais qu'est-ce qui se passe ici ?

Ses paroles mirent une éternité à susciter un écho parmi ses fils et ses filles dans la chambre. Si la chute du prêtre avait eu un effet affreux dans les circonstances, celle du policier revêtit un muet caractère d'horreur.

— Mon Dieu ! Ça s'attrape ! hurla soudain Joanne.

— Bouchez-vous le nez, ça doit être un virus ! cria Albert, l'homme d'action de la famille.

Il s'élança vers le coin le plus éloigné de la chambre, fit une pirouette et roula au sol. Il enleva prestement chaussures et chaussettes, puis se couvrit les narines avec ces dernières. Joanne et Marie hurlaient en se pinçant le nez. Les autres couraient en tous sens comme des poules fraîchement décapitées.

Gina, toujours calme, se déplaça jusqu'au milieu de la chambre, déçue par le comportement de ses rejetons.

– Calmez-vous ! C'est assez ! cria-t-elle au-dessus du tumulte, avec le ton tranchant de la mère redoutée par ses enfants espiègles.

Elle avait réussi. Tous les visages s'étaient tournés vers elle.

– Il n'y a rien dans l'air ! reprit-elle. Vous voyez pas que vous vous sentez tous bien ? Moi, je me sens très bien.

Elle vit dans leurs yeux qu'ils approuvaient ; aucun d'entre eux n'était agonisant.

– C'est peut-être dangereux...

– Enlève ça de sur ton nez, Albert ! S'il y a quelque chose de toxique ici, c'est bien dans tes chaussettes ! Bon, maintenant, occupons-nous de ces malheureux avant qu'ils ne rendent l'âme. Un peu de méthode. Vous quatre, par là ! Les deux autres, avec moi de ce côté !

Les pieds humides d'Albert crissèrent sur les lattes du plancher, et tout le monde suivit le mouvement en s'élançant vers les deux corps inanimés dans un brouhaha indescriptible.

Encore un recoin. Basile plongea un bras dans les ténèbres qui séparaient deux façades. Même après tant de répétitions, la sensation demeurait un rien désagréable. Cette obscurité était épaisse et onctueuse ; chaque fois, Basile avait l'impression de glisser un bras entre les plis d'un lourd rideau noir dont il ne pouvait deviner l'épaisseur. Les mouvements de son bras se transmettaient à l'obscurité et la remuaient lentement comme une eau boueuse.

Le policier, qui scrutait les recoins de l'autre côté de la rue sans fin, semblait tout aussi fasciné. Il témoignait d'ailleurs de la même petite touche de répugnance lors du contact.

Basile allait fouiller plus avant dans le trou d'ombre lorsqu'un mouvement brusque attira son attention un peu plus loin.

– Le voilà ! hurla le policier.

L'âme du faux prêtre venait de bondir hors d'un recoin et fuyait à toutes jambes droit devant.

– C'est un malin, dit le policier. Regardez : il avait dissimulé sa corde d'argent tout au long de la chaîne de rue. Je n'avais jamais pensé à... Eh ! il court vite ! Il va nous échapper !

L'agent avait raison. Maintenant que le fugitif avait repris sa course, sa corde d'argent, jusque-là camouflée, se tendait au-dessus de la rue comme une flèche pointée vers le lointain. Ils se lancèrent à sa poursuite.

Ici, heureusement, Basile n'était plus à la merci d'un corps défaillant, et c'est avec l'inépuisable énergie d'un pur esprit qu'il courait. Corps défaillant ? Dire que la simple surprise de voir jaillir le fuyard de sa cachette aurait suffi à faire claquer son pauvre cœur ! Quel lointain souvenir, que cet organe !

Une ivresse le gagnait. Jamais il n'aurait imaginé se déplacer aussi vite et pourtant, il était convaincu que jamais il ne s'essoufflerait.

Mais soudain, il freina.

Pourquoi une âme devrait-elle s'astreindre à courir ?

— Eh bien quoi ? dit le policier qui s'était lui aussi arrêté. On va pas le laisser filer !

— Attendez. Nous possédons un avantage sur lui. Laissez-moi seulement...

Basile s'appliqua à retrouver le même état d'esprit que lors de sa première présence dans cette rue. L'état qui lui avait permis de se retrouver subitement à la porte du Paradis.

— Il faut le visualiser dans votre esprit, reprit Basile. Concentrez-vous sur Tortellini, représentez-le-vous, dites-vous que vous êtes à ses côtés. Cramponnez-vous à votre foi ; ça va donner un grand coup.

Presque instantanément, la curieuse sensation de déplacement se manifesta, vertigineuse, étourdissante. Les façades se déformèrent, devinrent floues, jusqu'à n'être plus que deux longues lignes grises et brunes.

Sans plus de transition, Basile et le policier apparurent à côté de Tortellini Giguère qui courait de toutes ses forces. Celui-ci poussa un cri de surprise. Tout autant éberlué, le policier figea sur place pendant que Basile et le criminel poursuivaient leur course.

Basile s'aperçut de l'hésitation de son compagnon et, contrarié, s'immobilisa avant de revenir vers lui.

L'âme de l'agent, au milieu de la rue, semblait se demander ce qui lui arrivait.

– Ne faites pas cette tête, dit Basile. Vous n'avez simplement pas pensé au fait qu'il se déplaçait toujours. De la façon dont cela s'est passé, vous êtes apparu tout à coup à côté de lui, pour aussitôt disparaître. Gardez à l'esprit qu'il court et que vous voulez rester à sa hauteur. Tout ira bien.

– Vous me rassurez. J'ai cru à une hallucination ou à un bref rêve éveillé. Dites-moi, au fait, tout ceci n'est-il pas qu'un rêve ? Plus j'y pense, plus je…

– Je vous laisse le bénéfice du doute. Mais rêve ou pas, en tant que policier, vous devez faire votre devoir, non ? Tortellini, d'après ce que vous m'avez dit, est en quelque sorte l'ennemi public numéro un.

– Vous avez raison, mon ami. Alors, on recommence ?

– C'est parti !

Une pensée plus tard, ils étaient de nouveau collés au fuyard, qui apparemment ne connaissait toujours pas le truc. L'apparition soudaine de ses poursuivants le surprit encore. Le policier, fier d'avoir appris ce nouveau mode de déplacement, lévitait à reculons, sourire aux lèvres, bien en face de l'âme de Tortellini.

– On le tient ! triompha Basile.

Tortellini freina sa course. Leur temps de réaction repoussa ses poursuivants un peu plus loin. Son visage diaphane refléta une intense confusion, mais un rictus vint bientôt effiler davantage son profil en lame de couteau. Le malfrat se précipita vers une façade, puis s'engouffra dans une ouverture providentielle. Une porte se referma bruyamment derrière lui. Il restait tout juste assez d'espace sous la porte pour livrer passage à la corde d'argent de Tortellini.

– Oh mon Dieu ! le pauvre saint homme ! gémit Gina en s'agenouillant auprès du prêtre inanimé.

– Est-ce qu'il respire encore ? s'enquit Marie d'un timide filet de voix.

– Faudrait peut-être lui faire le bouche à bouche, suggéra Joanne, qui se tenait un peu à l'écart.

– Le bouche à bouche ? s'exclama Albert, penché sur le policier un peu plus loin. Tu parles !

– Pas de bouche à bouche, dit Gina en relevant la tête. Il ne faut pas profaner la bouche vierge d'un prêtre. Et je crois qu'il respire, de toute façon.

– Le flic aussi, ajouta Albert. Mais pas fort fort.

– Et le docteur qui n'arrive pas…

– Euh… maman, dit faiblement Marie, c'est quoi le truc avec un trou au bout qui dépasse de la soutane ? Un encensoir ?

Du bout des doigts, Gina prit l'objet métallique et le tira hors de la soutane, soucieuse de ne pas entrer sa main sous l'ample vêtement du prêtre ce qui, en fait de profanation, eût été la pire de toutes.

– Seigneur ! poussèrent en chœur Marie et Joanne.

– Ah ben par exemple ! s'exclama Albert. Un .44 Magnum !

– C'est sans doute pour chasser les démons… risqua Gina tout en manipulant le lourd pistolet.

– Les démons ? Je dirais même n'importe quelle bête à corne ! Beau joujou ! soupira Albert, admiratif.

Il enjamba le corps du policier et se dirigea vers sa mère. Marie s'était mise à quatre pattes près de Gina et tentait de regarder sous la soutane.

– Maman, je vois quelque chose de long.

– Marie ! espèce de salope ! Tu devrais te laver la bouche avec du savon ! Et les yeux ! Et…

Gina demeura bouche bée devant le comportement de ses enfants. Au lieu de l'écouter, ils s'étaient tous lancés à plat ventre devant l'ouverture de la soutane. Albert y glissa une main et, avant que sa mère ait eu le temps de crier son indignation, en avait sorti une espèce de fusil comme ceux que Basile utilisait pour la chasse dans sa jeunesse. Mais en plus petit, comme si on en avait enlevé le canon.

– Un .12 tronçonné, siffla Albert. Le Moyen Âge est passé, mais l'Église possède encore ce qu'il faut pour appuyer ses dires.

– Albert, il y a encore quelque chose qui luit là-dessous.

– Ben ça par exemple ! Il est passé à travers cet... ce... décor de cinéma !

Le policier, planté dans la rue, fixait d'un œil incrédule l'endroit où Tortellini avait disparu.

– Pas à travers, rectifia Basile, mais par une porte.

– Mais qu'y a-t-il de l'autre côté ? On voit bien que ce ne sont pas de vraies constructions !

Basile recula pour mieux examiner le haut des façades. Toutes avaient une corniche qui avançait au-dessus de la rue, mais rien n'était visible vers l'arrière. Ni toit, ni cheminée, ni quoi que ce soit.

– J'avoue que je ne suis jamais allé voir. Je n'en ai d'ailleurs aucune envie...

– Moi non plus, dit le policier. J'ignore pourquoi, mais ces façades me donnent... me donneraient la chair de poule, si j'étais dans ma chair.

Il fallait bien qu'il y ait quelque chose derrière ces murs, pensa Basile. Il choisit de s'approcher de la porte, puis la toucha. Ce contact le rebuta. Par terre, la corde d'argent de Tortellini était immobile.

Que pouvait-il bien y avoir de l'autre côté ? Que voulait-on cacher aux âmes s'en allant au Paradis ? Qui voulait dissimuler quoi ?

La petite fenêtre qui se découpait dans la porte ne dévoilait absolument rien. S'ouvrait-elle sur des ténèbres totales, ou était-elle simplement peinte en noir ? Il n'y avait ni son ni image, mais Basile percevait des choses, des sensations qu'il ne pouvait interpréter mais qui l'alarmaient, le terrorisaient même, par ce simple contact avec la porte. Une impression de tourbillon sans fin, de brumes stagnantes, de gouffre insondable, de... de présences tapies dans une espèce de non-être, malveillantes et sournoises.

Il se tourna vers le policier et vit à son air que celui-ci avait, d'une façon ou d'une autre, partagé les mêmes impressions.

La corde d'argent de Tortellini se mit à frétiller sur le sol. Bientôt, elle sauta violemment d'un côté à l'autre de la mince ouverture sous la porte, pendant que des coups secs la faisaient glisser toujours un peu plus vers l'intérieur.

C'était comme si l'âme, au bout de la corde d'argent, luttait avec l'énergie du désespoir contre une entité qui la dépassait. Mais qu'était-ce, grand Dieu ? La corde était démesurément tendue, prête à claquer, à fouetter l'espace tout autour.

Puis, elle cessa de bouger.

Basile échangea un regard inquiet avec le policier. Que s'était-il passé de l'autre côté ? Basile allait toucher la corde d'argent inerte lorsqu'un souffle formidable arracha presque la porte de ses gonds, l'envoyant battre le mur de la façade. Un objet passa au-dessus des deux poursuivants, qui s'étaient projetés au sol, et retomba lourdement à quelque distance derrière eux. La porte se referma avec fracas.

Un gémissement s'étant élevé dans la rue, Basile et son compagnon se tournèrent, et la stupeur les figea sur place.

Recroquevillée sur le pavé, l'âme de Tortellini était verte de terreur, agitée de spasmes, mutilée. Elle n'était plus... complète. Des lambeaux de sa substance pendaient çà et là, tandis qu'en d'autres endroits, il n'y avait tout simplement plus de substance. Tortellini continuait de gémir.

— Cette fois, on le tient ! dit le policier.

Ils s'agenouillèrent près de l'âme torturée.

— Au nom de la loi... commença l'agent.

— Ph'nglui fhtagn...

— Quoi ?

— Qu'est-ce qu'il dit ?

Tortellini se tut. Son regard ne quittait plus la porte qu'il venait de franchir. Pour peu, Basile aurait eu pitié de cet usurpateur criminel, réduit à l'état de petit paquet de souffrance écrasé par terre.

– En tout cas, dit le policier, nous n'aurons aucune difficulté à le ramener.

– En effet. Je crois cependant qu'il ne sera jamais plus tout à fait lui-même ; j'imagine qu'on ne peut se faire ainsi charcuter l'âme et s'en sortir indemne.

– Qui s'en plaindra ? Il ne peut pas être plus mauvais qu'il ne l'était.

Le policier jeta un regard chargé d'angoisse vers la porte, puis s'en détourna.

Lui et Basile se saisirent de l'âme de Tortellini, qui n'offrit aucune résistance, et entreprirent le voyage de retour vers la chambre du décès.

Le moment était maintenant venu pour Basile d'expliquer clairement sa situation à son compagnon, de lui dire exactement pourquoi il l'avait entraîné dans cette histoire de fous. Le plus délicat serait peut-être de lui avouer que la perspective de faire écrouer un dangereux criminel n'avait pas été sa principale motivation. Basile avait un grand, un très grand service à demander à ce policier qu'il connaissait à peine.

Cet homme représentait son ultime chance d'accéder au Paradis. Mieux valait tourner subtilement autour du pot, prendre un ton aussi détaché, aussi indifférent que possible.

– Eh bien mon vieux ! dit-il, vous pouvez être fier ! La capture de Tortellini Giguère, vous savez…

– C'est vrai, approuva le policier. Je suis conscient de vous devoir une fière chandelle.

Et je suis heureux d'avoir pu me rendre compte que les revenants sont... bons.

– Je ne suis pas un revenant puisque je n'ai pu aller nulle part. C'est justement ce dont je voulais vous parler...

– En tout cas, je vous promets d'aller déposer une gerbe de fleurs sur votre tombe.

– De mon vivant, votre promesse m'aurait certes réchauffé le cœur mais, dans l'état actuel des choses, cela me laisse un peu froid.

– Alors expliquez-vous. Je sens que quelque chose m'échappe dans tout ceci.

– Je vous ai dit que Tortellini m'avait humilié devant le Tout-Puissant. Pour être plus précis, à cause de lui, je ne peux entrer au Paradis...

Ils firent irruption dans la chambre, où tout le monde était penché sur les corps inanimés du faux prêtre et du policier, pendant que Basile gisait, mort et oublié de tous, sur le lit. L'âme de Tortellini, jusque-là inerte, s'agita :

– Ph'nglui ?

– ... et vous comprendrez qu'étant ce qu'il est, il n'a évidemment pas psalmodié le Code Oral qui débloque la corde d'argent.

– Le Code Oral ?

– L'extrême-onction. Vous êtes donc la seule personne à pouvoir me secourir, à faire en sorte que je ne sois pas une âme errante pour l'éternité. Surtout avec ce qui se terre derrière ces façades… Bref, il faut que vous alliez me chercher un vrai prêtre.

— C'est promis, absolument juré craché. Dites, comment on fait pour le remettre dans son corps ?

— J'imagine qu'on le rentre de la même façon que je l'ai sorti : avec un coup sec.

Nullement incommodés par les personnes présentes, dont ils traversaient les corps comme une fumée, ils soulevèrent l'âme de Tortellini par les lambeaux qui pendaient et l'alignèrent sur le corps étendu dans la chambre.

D'un geste concerté, ils précipitèrent l'âme du criminel sens dessus dessous dans son corps, frôlant au passage Gina, penchée sur lui. Basile nota un changement dans le regard de sa femme. Ses sourcils s'étaient légèrement relevés. Ses épaules amorçaient un mouvement vers le haut. Elle était en train de sursauter, comme si elle avait senti quelque chose l'effleurer.

— Et maintenant, à votre tour, monsieur l'agent. Moi, je retourne à la porte du Paradis tout de suite après. Et merci de tout mon c… de toute mon âme.

— Merci à vous aussi, Basile, et vous pouvez m'appeler Roger.

❧

Où suis-je ? D'où viens-je ? Que fais-je ? Vis-je ?

Oh ! ma tête ! Je n'ose pas ouvrir les yeux. C'est quoi, tout ce tapage ? Ces piaillements ? Ces… voix. Aiguës, excitées.

J'ouvre un œil. Il le faut bien. Je ne vais pas garder les yeux fermés toute ma vie. Allez, du courage, mon Roger. Tu es policier, non ?

La chambre ! Le mourant ! Un pied, près de mon nez ! Ah ! c'est le curé qui s'est évanoui ! Ça y est, je me rappelle…

Seigneur ! Quel cauchemar !

Les femmes près du prêtre piaillent sans arrêt. Tiens, il est réveillé. La femme du mourant (après examen : c'est plutôt un mort) est évanouie, blanche comme un drap, et ses filles sautillent autour.

Allez, debout mon vieux ! Ouf !

Ça alors, j'ai eu le temps de faire un rêve long comme une éter…

Le prêtre me regarde. Ses yeux sautent comme du *pop corn*. On dirait qu'il a perdu la raison. Il articule quelque chose. Ce visage… Hé ! mais… mais c'est…

– Wgah'nagl fhtagn ?

Vite ! mon arme !

– Au nom de la loi, je vous arrête, Tortellini Giguère !

❧

Basile s'était arrêté au pied du gigantesque mur blanc, bien en face de la porte donnant accès au Paradis. De nouveau, il tenta d'atteindre le crochet qui la fermait. Toujours inaccessible. Il tira sur sa corde d'argent jusqu'à ce que la douleur le scie en deux.

L'échec était beaucoup moins désespérant cette fois ; bientôt, un prêtre, un vrai, viendrait prononcer le fameux Code Oral et sa corde d'argent se déboucclerait. Car Basile avait une confiance absolue en Roger, le policier. Son moral gonflé à bloc, il appela :

— Hé !... Hé !!!

Des pas, de l'autre côté.

— Y a quelqu'un ? demanda la porte.

— Oui, répondit Basile. Je suis mort !

— Le crochet est de votre côté.

— Je ne peux pas encore, mais…

— Ah ! c'est encore vous !

— Oui, mais cette fois, je suis à vous dans une poussière de temps.

Il y eut soudain un déclic, puis la corde d'argent de Basile tomba sur le sol.

Pour les bibliographes...

Des versions antérieures de certaines nouvelles de ce recueil ont déjà paru dans des publications à petit tirage aujourd'hui introuvables.

« Succion », dans *Sang froid*, 1995.

« Les Grands Préparatifs », dans *Temps Tôt* 41, 1996.

« Privilèges », dans *Samizdat* 25, 1994.

« À tout péché... », dans *Horrifique* 25, 1997, et dans *Xuense* 45, 1995.

« *In vino mendacium* », éditions Chouette Province (Belgique), 1999.

« Le Grand Tripoteur », dans *Visages de l'après-vie*, 1992.

« Chasse à l'âme », dans *Visages de l'après-vie*, 1992.

Table des matières

Collection « Ado »

PAO : Éditions Vents d'Ouest (1993) inc., Hull
Impression : Imprimerie Gauvin ltée
Hull

Achevé d'imprimer en septembre
deux mille

Imprimé au Canada